제비일기

아멜리 노통브 소설 | 김민정 옮김

문학세계사

옮긴이 · 김민정
서울대학교 불어불문학과를 졸업하고 같은 과 대학원에서 공부.
프랑스 파리 제4대학에서 불문학 석사학위를 받음.
번역한 책으로『송고르 왕의 죽음』『오스카와 장미할머니』
『이브라힘 할아버지와 코란에 핀 꽃』『살인자의 건강법』『공격』
『아주 긴 일요일의 약혼』『이백과 두보』『스코르타의 태양』등이 있음.

제비 일기
아멜리 노통브 지음

•

초판 1쇄 발행일 2007년 9월 13일
3쇄 발행일 2011년 3월 3일

•

옮긴이 · 김민정
펴낸이 · 김종해
펴낸곳 · 문학세계사

•

주소 · 서울시 마포구 신수동 345-5(121-110)
대표전화 702-1800   팩시밀리 702-0084
mail@msp21.co.kr www.msp21.co.kr
출판등록 · 제21-108호(1979.5.16)
값 8,000원

ISBN 978-89-7075-407-9   03860
ⓒ문학세계사, 2007

Journal d'Hirondelle

Amélie Nothomb

JOURNAL D'HIRONDELLE
by
Amélie Nothomb

Copyright ⓒ Editions Albin Michel S.A. Paris 2006
Korean Translation Copyright ⓒ Munhak Segye-Sa Publishing Co. 2007
This Korean edition is published by arrangement with Editions
Albin Michel S.A. Paris through ShinWon Agency

이 책의 한국어판 저작권은 신원 에이전시를 통해
Editions Albin Michel S.A.와의 독점계약으로 문학세계사에 있습니다.
저작권법에 의해 한국내에서 보호를 받는 저작물이므로
무단전재 및 복제를 금합니다.

제비 일기
Journal d'Hirondelle

뭐가 뭔지 모르는 상태로 어둠 속에서 눈을 뜬다. 여기가 어디지? 지금 무슨 일이 일어나고 있는 거야? 잠시잠깐, 모든 걸 다 잊어버린 상태. 자신이 아이인지 어른인지, 남자인지 여자인지, 유죄인지 무죄인지도 모른다. 밤이라서 이렇게 컴컴한 거야? 혹시 감옥 안이라서?

아는 건 오직 하나뿐이다. 하나뿐이라서 더 잘 꿰뚫고 있다. 살아 있다는 것. 극도로 살아 있다는 것. 오직 살아 있을 뿐이니까. 그 찰나의 순간, 그러니까 정체성 상실이라는 누리기 힘든 특권을 누리는 그 순간에 삶을 메우고 있는 것은 무엇인가?

바로 그것이다. 두려움이라는 것.

그런데 잠에서 깨어나는 순간의 일시적 기억상실보다 더

인간을 자유롭게 해주는 것도 없다. 그 순간만은 말을 할 줄 아는 아기가 되니까. 탄생을 두고 한마디로 말할 수 있으리라. 살아 있다는 공포 속으로 내던져졌노라고.

순수하게 불안으로 메워진 그 순간에는 잠에서 깨어날 때면 늘 그랬다는 것조차 기억하지 못한다. 자리에서 일어나 문을 찾는다. 호텔방에서처럼 헤맨다.

이윽고 순식간에 기억이 몸속으로 파고든다. 몸에게 영혼 노릇 하는 것을 돌려준다. 그러면 마음이 놓이는 동시에 기분이 처진다. 원래 그렇지. 오직 그럴 뿐이지.

곧이어 감옥의 구조가 분명해진다. 내 침실은 세면대로 이어져 있다. 거기서 나는 연신 찬물을 얼굴에 끼얹는다. 찬물로 뭘 그렇게 열심히 닦아내려고?

잠시 후 회로가 움직이기 시작한다. 각자 제 회로가 있다. 커피와 담배 혹은 홍차와 토스트 혹은 개와 산책 등등. 되도록 두려움을 느끼지 않게 해주는 방법을 찾아 각자 제 회로를 돈다.

사실 우리는 살아 있다는 공포에 맞서 싸우며 하고많은 시간을 보낸다. 그리고 온갖 것에 별별 정의를 다 갖다 붙인다. 내 이름은 아무개이고 모모 회사에서 일하는데 그 일이 여차여차한 것이다, 라는 식으로.

그러는 중에도 불안이라는 놈은 숨어서 전복 활동을 계속한다. 그놈의 입에는 재갈을 물릴 수도 없다. 넌 네가 모모 회사에서 여차여차한 일을 하는 아무개 씨인 줄 알지? 하지만 잠에서 깨어나는 순간 그런 것들은 존재하지 않잖아? 모르긴 해도 실제로 존재하지 않기 때문일걸?

일이 그렇게 된 건 여덟 달 전부터다. 그때 나는 실연의 아픔에 빠져 있었는데, 너무나 한심한 이야기라 새삼 입에 올리지 않는 게 나을 것 같다. 실연당한 것도 괴로웠지만 그깟 일로 괴로워한다는 게 부끄러워 더더욱 괴로웠다. 나는 고통을 느끼지 않으려고 심장을 들어냈다. 수술 과정은 순조로웠지만 수술 경과는 좋지 않았다. 고통이라는 놈은 완전히 뿌리 뽑히지 않은 채 살갗 위아래로 눈 속으로 귓가로 파고들었다. 내 감각이란 감각은 죄다 내 적이었다. 한심스런 연애담이나 계속 떠올리게 만들었으니까.

그래서 나는 감각을 모조리 죽여버리기로 마음먹었다. 일은 간단했다. 내 안에 설치되어 있는 감각 작동 스위치를 끄고 추위도 더위도 느껴지지 않는 세상에서 어슬렁거리기만 하면 그만이었으니까. 그것은 감각의 차원에서 자살인 동시에 새로운 존재 방식의 시도였다.

그때부터 나는 아무런 고통도 느낄 수 없었다. 고통뿐만 아니라 다른 무엇도 느낄 수 없었다. 내 숨통을 조이고 있던 철갑이 어디론가 사라져버렸다. 다른 모든 것들과 함께. 나는 '무無'를 살아내고 있었다.

안도의 한 순간이 지나자 철두철미하게 지루해지기 시작했다. 감각 작동 장치를 다시 켜보려 했지만 뜻대로 되지 않았다. 내 그럴 줄 알았지.

예전에 나를 감동시켰던 음악들은 더 이상 내게 어떤 감정도 불러일으키지 못했다. 나는 가장 기본적인 감정들도 느낄 수 없었다. 먹거나 마시거나 목욕을 할 때도 나는 목석과 다름없었다. 난 감각기관이 모조리 거세된 인간이었다.

하지만 그 때문에 마음이 무겁거나 하지는 않았다. 수화기 너머 어머니의 목소리도 이제는 수돗물 새는 소리만큼이나 하찮고 지겹게만 들렸다. 나는 어머니에 대한 걱정도 접었다. 그러고 나니 한결 기분이 산뜻했다.

그밖의 일들은 엉망진창이었다. 삶이 죽음으로 변해버렸으니.

내 감각에 불씨를 지핀 것은 라디오헤드의 《기억상실 Amnesiac》이라는 음반이었다. 그야말로 내 처지와 딱 맞아떨어지는 제목 아닌가. 내가 겪고 있었던 증상은 다름 아닌 감각의 차원에서 기억상실이라고 할 수 있었으니까. 나는 그 음반을 샀다. 들었다. 그리고 아무것도 느끼지 못했다. 그 즈음 나는 어떤 음악을 들어도 그렇게 반응했다. 앞으로 육십 분 더 '무'의 상태가 이어질 거라 생각하며 어깨를 으쓱하고 있는데, 세 번째 곡이 흘러나오기 시작했다. 제목을 보니 '회전문'이라는 말이 들어가 있었다. 이제껏 한 번도 들어본 적 없는 요상한 소리가 감질나게 찔끔찔끔 이어졌다. 제목 한 번 기차게 잘 지었다는 생각이 들었다. 괜히 회전문에 마음을 빼앗겨 함부로 밀고 들어섰다가 빠져나오지 못한 채 뱅뱅 도는 어린아이를 떠올리게 하는 곡이었으니까. 곡 자체만 놓고 보면 감동을 불러일으킬 만한 구석은 털끝만큼도 없었다. 하지만 어느덧 내 눈가에는 눈물 한 방울이 맺혀 있었다.

몇 주째 아무것도 느끼지 못했던 탓일까? 괜히 유난을 떤 것 같았다. 이어지는 음악들은 아무 느낌도 불러일으키지 못했다. 귀에 선 음악들이 늘 그렇듯 귓가에 공허하게 메아리쳤을 뿐. 음반을 끝까지 다 듣고 나서 나는 다시 세 번째 곡으로 돌아갔다. 그리고 전율하며 귀를 기울였다. 몸 전체가 그 형편없는 음악을 향해 감사를 보내고 있었다. 나를 냉장고에서 꺼내준 데 대해서. 나는 신비로운 마법의 세계를 '자아도취적으로' 다시 한 번 체험하기 위해 CD 플레이어의 반복재생용 버튼을 눌렀다.

나는 불감증이라는 감옥에서 갓 풀려난 자답게 음악이 주는 쾌락 속으로 걷잡을 수 없이 빠져들었다. 나는 회전문에 홀려버린 아이, 반복되는 움직임을 따라 빙글빙글 도는 아이였다. 퇴폐주의자들은 감각이란 감각을 모조리 다 망쳐놓으려고 기를 쓴다. 나는, 제대로 돌아가는 감각기관이 딱 하나밖에 없었던 나는 바로 그 틈새를 통해 내 영혼의 가장 깊은 곳까지 취해들고 있었다. 정신없이 몰두할 만한 것을 찾았을 때만큼 행복할 때가 또 있을까.

한참이 지나서야 깨달았다. 앞으로 나를 감동시킬 것들은 사람들이 흔히 알고 있는 그런 감정이나 감각과는 차원을 달리할 거라고. 기쁨이니 슬픔이니 사랑이니 향수니 분노니

하는 감정들 앞에서 나는 얼어붙은 듯 무감각했다. 내 감수성은 전대미문의 감정들, 그러니까 '좋다' 혹은 '나쁘다'로 판가름할 수 없는 그런 감각들에게만 문을 열어주었다. 감정들에 있어서도 상황은 마찬가지였다. 이제 나는 선과 악의 차원을 벗어나는 감정들만 느낄 수 있었다.

귀는 나를 산 자들의 세계로 다시 데려와주었다. 나는 귀 말고 다른 창도 하나 더 열어보기로 했다. 눈이라는 창을. 현대미술은 바로 나 같은 족속들을 위해 만들어진 게 틀림없었으므로.

그리하여 나는 전에 없이 상설 현대 미술 전시장인 퐁피두센터라든지 가을마다 국제 현대 미술전이 열리는 그랑팔레라든지 하는 곳에 발걸음을 하게 되었다. 그리고 거기서 아무 짝에도 쓸모없어 보이는 것들을 쳐다보며 시간을 보냈다. 바로 그것들이야말로 내 눈이 간절히 필요로 하는 것들이었으니까.

촉각에서 뭔가를 기대하기는 애초부터 그른 일이었다. 불감중에 걸리기 전에 이미 섹스에 관한 한 남녀와 앞뒤를 가리지 않았으니까. 그 분야에 있어서 미지의 영역을 찾아내는 건 불가능했다. 나는 촉각의 문제는 나중에 해결하기로 미뤄두었다.

미각의 문제도 만만치 않았다. 맛이 끝내주는 데다 소화가 잘 안 되기로 유명한 요리를 만들어내는 초특급 식당들이 있다는 얘기는 여기저기서 많이 들었지만, 중간급 코스 요리가 무려 5백 유로, 그러니까 내가 한 달 내내 회사에서 온갖 잔심부름을 해주고 받는 돈의 절반이나 한다는 걸 알고서는 두 손 두 발 다 들고 말았다.

후각은 기막힌 장점을 하나 갖고 있다. 즉 대상을 소유하지 않고도 마음껏 누릴 수 있다는 점이다. 거리에서 생전 처음 보는 이의 향수 냄새에 짜릿한 쾌감을 느낄 수도 있으니. 한마디로 이상적인 감각이다. 늘 꽉 막혀 있는 듯한 귀보다 능률적이고 함부로 주인 행세를 하려 드는 눈과 달리 사려 깊으며 뭔가를 소비할 때에만 힘을 발휘하는 미각보다 예민하니까. 우리가 후각적인 방식으로 살아간다면 귀족이 되는 것도 시간문제일 것이다.

나는 사람들에게 향기로 여겨지지 않는 냄새에 감동하기 시작했다. 막 포장된 도로에서 피어오르는 뜨거운 아스팔트 냄새. 토마토 꼭지 냄새. 날것 그대로의 바위 냄새. 막 베어 낸 나무 둥치에서 풍기는 피 냄새. 시들마른 장미 냄새. 새

비닐과 새 지우개 냄새. 이런 냄새들은 내게 끝없는 쾌감을 맛보게 해주었다.

속물스럽게 굴고 싶을 땐 고객이 원하는 향을 그 자리에서 만들어주는 조향사들이 대기하고 있는 고급 향수 매장에 갔다. 나는 조향사들의 기기묘묘한 재주에 홀릴 대로 홀린 채 매장에서 나오며 그들을 원망했다. 사지도 못할 건데 뭘 그렇게 열심히 만들어 보인 거야? 그러게 누가 그렇게 비싼 값을 붙여 놓으래?

후각의 대잔치에도 불구하고, 아니 어쩌면 그 때문에 내 성생활은 종지부를 찍고 말았다.

몇 달째 나는 아무 짓도 하지 않았다. 혼자서도. 아무리 머리를 쥐어짜도, 생각할 수 없는 것을 상상해 봐도, 할 수 없었다. 도무지 마음이 동하지 않았다. '배꼽 아래'를 주제로 한 이상야릇하고 괴상망측한 소설들을 아무리 읽어봐도 내 몸은 돌처럼 굳은 채 꿈쩍도 하지 않았다. 포르노 영화를 보면 헛웃음이 나올 지경이었다.

동료인 모하메드에게 내 고민을 털어놓자, 그는 이렇게 말했다.

"에이, 고민할 거 없어. 연애나 해. 불감증엔 사랑이 특효약이라니까."

바보. 내 감각 중에서 가장 상태가 좋지 않은 게 뭔지 알아? 불가사의한 접착력으로 한 존재 옆에 찰싹 들러붙을 수 있게 해 주는 바로 그 감각이라고.

나는 모하메드—일명 모모—에게 내 사정을 잘 몰라서 그런다며 투덜댔다.

"굶주리고 있는 백성들에게 마리 앙투아네트가 이렇게 말했다지? 빵이 없다고요? 그럼 케이크를 먹지 그래요?"

"언제부터 그렇게 된 거야?"

"벌써 다섯 달도 넘은 것 같아."

모하메드가 나를 쳐다보는 순간 나는 알아차렸다. 연민이 그새 경멸로 바뀌었다는 것을. 손장난조차 하지 않을 정도라는 것까지 털어놓을 필요는 없었는데. 『파리의 복부 Ventre de Paris』(당대의 사회상을 정밀한 묘사로 해부해낸 자연주의 소설가 에밀 졸라(Emile Zola, 1840-1902)의 소설. 제2제정 시대를 배경으로 루공가家와 마카르가家 두 집안에 얽힌 사연을 스무 권에 달하는 소설들로 풀어낸 〈루공 마카르 총서Les Rougon-Macquart〉 중 한 권으로 파리의 중앙시장을 배경으로 하고 있다. 어물전 감독 플로랑은 정치범으로 오인되어 절해고도에서 억울한 옥살이를 하다 간신히 탈출, 장

사꾼 아낙네들의 아귀다툼에 시달리면서 이상 사회를 꿈꾸게 된다. 하지만 비밀 결사에 가입한 사실이 발각되어 다시 체포되면서 그의 꿈 역시 좌절되고 만다는 것이 기둥줄거리이다 : 옮긴이)에서 그 불쌍한 인간이 푸줏간 여주인에게 사흘째 아무것도 먹지 못했다고 말하자 뚱보 여자의 눈 속에 담겼던 연민이 금세 경멸로 변하잖아? 그런 비참하고도 또 비참한 상황에서 살아남으려면 비천한 족속이어야 하니까.

신부나 목사라면 나더러 한평생 정숙하게 살아갈 수도 있다고 말했을지 모른다. 진짜로 순결 서약을 지키는 성직자들이 있다면 그건 그들이 어떤 식으로든 성욕을 배출하고 살아간다는 가장 확실한 증거이다. 정말이지 끔찍한 사람들이다. 나는 뭐든 할 준비가 되어 있었다. 그들처럼 되지 않을 수만 있다면.

귀는 약점이 많은 부위다. 덮개가 없는 구조여서 더 그렇다. 듣고 싶지 않은 이야기는 기어이 듣게 되고 들어야 하는 이야기는 반드시 놓치고 만다. 모두들 가는귀가 먹었다. 절대음감을 가졌네 어쨌네 하는 사람들조차도. 음악의 기능 중 하나는 우리네 인간으로 하여금 그 덜떨어진 기관을 제대로 지배하고 있다는 환상을 갖게 하는 것이다.

촉각과 청각은 내게 있어 맹인과 절름발이 같은 존재였다. 희한하게도 나는 성적인 결핍을 음악으로 메워나가기 시작했다. 나는 귓속에 이어폰을 쑤셔 박은 채 엔진 소리도 요란하게 오토바이를 몰고 파리를 질주했다.

그리하여 마침내 올 것이 오고야 말았다. 노인네를 친 것이다. 별일 아니었다. 하지만 사장은 그렇게 생각하지 않았다. 그리하여 사정없이 내 '모가지를 잘라' 버렸다. 그리고 동종업계 종사자들에게 '공공의 적'인 나 같은 놈을 고용하지 말라고 단단히 주의를 주었다.

나는 섹스도 일도 못하는 신세로 전락했다. 한 사나이의 인생에서 너무나 많은 것이 잘려 나가버린 것이다.

'**공**공의 적' — 사장은 나를 두고 이렇게 말했다. 나는 그걸 직업으로 삼을 수 없을까 궁리해보았다.

그 후 술집에서 당구를 치다 러시아 출신 강적을 만났다. 몸놀림이 어찌나 유연한지 무슨 일을 하시느냐고 물어보지 않을 수 없었다.

"표적을 맞추는 게 습관이 돼서." '프로' 답게 간결한 대답이었다.

이미 짐작하고 있던 바였다. 그때부터 나는 본래의 실력을 유감없이 발휘하며 그의 연승행진에 제동을 걸었다. 그가 휘익 하고 휘파람을 불었다. 나는 그에게 시키는 일은 뭐든지 하겠다고 말했다. 그러자 그는 나를 파리의 반대편 끝으로 데리고 가서 방탄 유리벽 속에 들어앉아 있는 '보스'

에게 소개해주었다.

채용 절차가 어찌나 간단한지 러시아를 당장 유럽연합에 가입시켜야 한다는 생각마저 들었다. 서류 따윈 전혀 필요하지 않았다. 사격술 테스트와 간단한 질문 몇 가지, 그걸로 끝이었다. 신분증도 보려고 하지 않았다. 그래서 아무 이름이나 대고 싶은 대로 댈 수 있었다. 나는 예전부터 늘 꿈꾸어왔던 이름, 도시인인 내게 걸맞게 도시인이라는 뜻을 지닌 이름 '위르뱅'을 대주었다. 그걸로 면접은 끝났다. 아 참 한 가지 더. 휴대전화 번호도 알려주었다. 직업의 특성상 필수적인 것이었으니까.

내 신상 기록 카드에는 '엘리트 사수'라는 특기사항이 첨부되어 있었다. 기분이 썩 괜찮았다. 머리털 나고 처음으로, 그것도 지극히 객관적인 기준에 의해서 엘리트로 분류되었으니까. 나의 탄생을 지켜본 요정들은 내게 무엇인가를 쏘는 데 있어서 신통한 재주를 내려주었다. 어릴 적부터 나는 내 눈과 몸에 그 신비한 재능이 깃들여 있다는 것을 감지하고 있었다. 그럴 도구를 갖추고 있지는 않았지만. 그 도구 역시 팔의 한 부분처럼 제어할 수 있을 것 같은 묘한 예감이 들었다. 그리하여 나는 놀이공원이란 놀이공원은 모조리 휩쓸고 다니면서 '사격신동'으로서의 능력을 유감없이 발휘했다. 아니, 그런 능력이 있다는 것을 새삼 확인했다. 백발백중이라는 명중률을 자랑하며 거대한 곰 인형들을 싹쓸이했다.

승리는 내 총 끝에 달려 있었다. 하지만 나는 총이 없었으므로 이기고 말고 할 것도 없었다. 즉 재능을 발휘할 곳이 없어서 괴로웠다. 정원 가꾸는 솜씨가 뛰어난 스포츠 중계방송 해설위원이나 절대로 뱃멀미를 하지 않는 라마교 승려처럼.

당구 잘 치는 러시아 사나이를 만나면서 나는 내 갈 길을 찾은 셈이었다. 그는 표적 열 개가 모두 명중된 것을 보고는 이렇게 말했다.

"당신처럼 잘 쏘는 남자는 거의 없을 거야. 여자는 아예 없고."

나는 신중을 기하느라 아무 대꾸도 하지 않았다. 하지만 별별 분야에서 마초들이 나대는구나 하는 생각이 들지 않았던 건 아니었다. 그는 한술 더 떴다.

"제대로 조준해서 쏘아 맞추는 것보다 더 남자다운 일도 없지."

나는 그 속 보이는 아부를 가만히 듣고만 있었다. 싸구려 아부에 혹해 사는 게 내 인생인 모양이었다.

제비 일기 21

러시아 사나이는 계속 말을 이어나갔다. "이건 그냥 칭찬이고, 사실 우리가 하는 일에 이렇게까지 기막힌 재주는 필요 없어. 근접 사격, 그리고 반드시 권총을 사용할 것. 이게 우리가 지켜야 하는 원칙이니까. 하지만 혹시 모르잖아. 운동신경이 좋은 작자를 맡게 되면……. 우리는 기업에서 연구진을 채용하듯 자네를 고용한 거야. 자네가 어떤 성과를 거둘지 지금으로서는 알 수 없지만 말이야, 한 가지 확실한 건 자네 같은 명사수를 경쟁업체에 뺏길 순 없다는 거지."

나는 그 경쟁업체라는 게 뭘까 곰곰이 생각해보았다. 경찰? 아니 그보다는 다른 청부살인업체일 터였다.

내 재능은 흔히들 상상하는 수준을 넘어선다. 엘리트 사수는 비행사처럼 넓은 시야와 마술사처럼 절대로 떨리지 않는 손, 그리고 어떤 충격에도 휘청거리지 않는 침착성을 갖추고 있다. 하지만 이 세 가지 요건을 다 갖춘 사람이라도 복도에 버티고 서 있는 코끼리조차 쏘아 맞히지 못하는 경우가 있다. 엘리트 사수는 제 눈이 보는 것과 제 손이 쏘아 보내는 것 사이의 교차점을 기막히리만치 정확하게 짚어내는 사람이다.

나는 첫번째 임무가 주어질 순간만을 초조하게 기다렸다. 하루에 스무 번도 넘게 휴대전화의 수신메시지를 확인하면서. 불안감에 뱃속이 다 뒤틀릴 지경이었다. 일에 대한 불안감이 아니었다. 그 일이라는 게 도대체 어떤 것인지 까맣게 모르는 처지였으니까. 그건 혹시라도 선택받지 못하면 어쩌나 하는 불안감이었다.

한낮에 전화벨이 울렸다.

"이번 일은 식은 죽 먹기일 거야. 어서 와봐."

오토바이는 새 일자리에도 꽤 쓸모가 있었다. 나는 녀석을 타고 파리를 단 이십 분 만에 가로질렀다. 러시아 사나이는 '고객'의 사진을 보여주었다. 보스의 활동영역을 넘보고 있는 식품업계의 거물이라고 했다.

"도무지 말귀를 알아들어야지. 아예 아무 말도 못 듣게 만들어버리는 수밖에."

사진을 본 나는 깜짝 놀랐다. "희한하네. 식품업계에 종사한다면서 뭐 이렇게 비쩍 말랐어."

"자기가 파는 음식을 먹지 않으니까. 그러고 보면 아주 미친놈은 아닌가봐."

나는 한밤중에 그자의 정부가 사는 집 앞을 지키고 섰다가 그자의 머리에 총알을 두 방 박아 넣었다. 바로 그 순간 기적이 일어났다.

어찌 된 일인지 따져볼 겨를도 없었다. 어서어서 집으로 달려가야만 했다. 오토바이가 나를 멀리멀리 데려가주었다. 그 엄청난 속도감에 내가 느낀 그 무엇도 두 배로 강렬해졌다.

나는 집에 도착하자마자 계단을 4배속으로 뛰어올라가 곧장 침대 위에 나자빠졌다. 그리고 일을 마저 치러냈다. 황홀했다. 하지만 고객의 머리통을 박살내던 순간에 느꼈던 그 황홀감에 비하면 아무것도 아니었다.

어땠더라? 나는 기억을 더듬어보았다. 내 심장은 거세게 두방망이질 쳐댔고 피라는 피는 모조리 주요 부위로 몰려들었다. 그때 나를 사로잡고 있었던 감정은 미지의 것을 경험하고 있다는 감미로운 도취감이었다. 드디어 미개척 분야를 찾아냈다고나 할까.

그렇듯 이가 딱딱 마주칠 정도로 강렬한 쾌감을 맛볼 수 있었던 건 몇 달째 필요로 하고 있었던 것을 마침내 충족시

컸기 때문이었다. 즉 새로운 것, 아직 이름 붙여지지 않은 것, 함부로 이름 붙일 수 없는 것에 대한 욕구를.

살인만큼 모든 면에서 백지 상태인 행위가 있을까. 살인을 할 때의 느낌은 그 어떤 느낌과도 비교할 수 없다. 딱히 어디라고 꼬집어 말할 수 없는 부분에서 쾌감이 솟아나며 전율하게 되는 것이다. 그 낯선 느낌에 쾌감은 한층 더 강렬해진다.

살인만큼 권력의지를 극단적으로 보여주는 예도 없다. 전혀 알지 못하는 존재에 대해 절대적인 힘을 행사하는 행위이므로. 살인자는 자중 자애하는 폭군답게 자신의 행위에 대해 티끌만한 죄책감도 느끼지 않는다.

감미로운 두려움이 그 행위와 함께한다. 그로 인해 쾌감이 솟아난다.

마지막으로 꼭 짚고 넘어가야 할 것이 있는데, 살인을 하면 돈을 많이 벌 수 있다는 것이다. 살인을 하고 그 대가로 돈을 받으면 얼마나 기분이 좋은지.

당구장에서 만난 러시아 사나이의 이름은 유리였다.

그는 내게 돈 봉투를 내밀며 말했다. "멋지게 해냈더군.

세어봐."

"어련히 알아서 넣으셨을까." 나는 왕자님처럼 너그럽게 말했다.

"그러면 안 돼."

돈은 액수만큼 들어 있었다. 그저 나를 귀찮게 하려는 수작에 불과했다.

"다음 일은 언제야?"

"이 일이 좋아?"

"응."

"너무 좋아하지는 마. 절제할 줄 알아야 해. 그러지 않으면 품격이 떨어진다고. 오늘 밤에 일이 있긴 해."

그는 새로운 사진을 보여주었다. 뒤캐기 좋아하고 말 많은 기자라고 했다.

"이자가 보스의 계획에 걸림돌이 되고 있는 거야?"

"아니면 뭐겠어? 그자를 제거할 이유가 또 있을까봐?"

"이 세상에서 해충 같은 존재를 하나라도 더 없애버리기 위해서."

"임무수행에 도움이 될 것 같으면 그렇게 생각해도 돼."

도움 같은 건 필요 없었다. 하지만 그렇게 생각하니 벌써부터 쾌감에 몸이 저려왔다. 밤이 오기를 기다리는 동안 나는 좀 불안했다. 나는 방아쇠를 당길 때 이미 쾌감을 맛보았다. 그 순간 또다시 오르가슴을 느낄 수 있을까? 나는 그러기만을 간절히 바랐다. 단 이 초 동안에 그 신선한 충격을 철두철미하게 맛봤다고 할 수는 없었으니까.

섹스에 있어서 첫 경험으로 반드시 최고의 쾌감을 맛보게 되는 것은 아니라고들 한다. 내 경우도 그랬다. 살인에 있어서 나는 첫 시도에서 엄청난 쾌감을 맛보았기에 더 멋진 경험은 상상도 할 수 없었다.

반드시 머리에 두 발을 쏜다— 이것이 임무수행시 지켜야 하는 원칙이었다. 머리를 쏘는 건 '핵심부'를 파괴해야 일이 빨리 끝나기 때문이었고 두 발을 쏘는 건 일을 확실히 해두기 위해서였다. 그래서 우리가 맡은 고객들 중 생존자는 단 한 명도 없었다.

"게다가 그렇게 하면 얼굴을 완전히 뭉개버릴 수 있잖아. 수사를 방해하는 거지."

나는 두 발 쏘기 원칙이 정말로 마음에 들었다. 덕분에 오르가슴을 두 번씩 느낄 수 있었으니까. 두번째로 방아쇠를 당길 때면 이번이 진짜라는 확신이 들었다. 첫번째 시도는 아무래도 어설픈 냄새를 풍기게 마련이었으니까.

 작은 일을 잘 해내면 큰 일은 더 잘 해낼 수 있다는 말이 있는데, 사실이었다. 식품업계의 거물을 죽일 때보다 기자를 죽일 때, 그리고 뒤이어 장관을 죽일 때 한층 더 강렬한 쾌감을 맛보았으니까.

 유리는 그 현상에 대해 이렇게 설명했다. "언론의 역할이 크지. 신문에서 크게 떠들어댈 만한 일일수록 더 흥분되는 거야."

 순수에 목매는 나는 버럭 화를 냈다.

 "나는 명성 따위에 혹하지 않아! 인간 그 자체가 더 중요하다고!"

 "암, 그러시겠지."

 "못 믿겠거든 시험을 해보든지."

 "내가 고객을 정하기라도 하는 것 같네."

 "일을 맡기는 건 당신이잖아."

 그 일에 있어서 불만스러운 점은 유리 외에 다른 동료를 한 명도 만날 수 없다는 것이었다. 그래 가지고는 직업의식을 계속 유지하기가 힘들었으므로 나는 러시아 사나이를 뻔질나게 만나기 시작했다.

 "어떨 땐 당신한테 말 상대가 한 명도 없는 거 아닌가 하는 생각이 든단 말이야……." 그가 불평을 늘어놓았다.

"고객들이 나한테 말을 걸 리 없잖아."

"친구도 없어?"

없었다. 직장 동료들은 직장에서만 상대했으니까. 퇴근하고 나면 그걸로 끝이었다. 짬이 나면 섹스파트너들과 침대에서 뒹굴었다. 하지만 이제 그 짓도 할 수 없었다. 불감증 때문에.

유리도 그걸 감지한 게 틀림없었다. 나한테 이렇게 물어봤던 것이다.

"여자 고객도 괜찮겠어?"

"성체를 배령하는, 즉 성스러운 몸을 받아들이는 방법에는 두 가지가 있으니까."

"지금 무슨 소리를 하는 거야? 혹시 정교회 신자야?"

"마침 말 잘했어. 아니, 나 정교회 신자 아니야. 응, 여자 고객도 괜찮아."

"다행인걸. 싫어하는 치들도 많거든."

"충격적이군. 이 분야에도 여성혐오자들이 설쳐대다니."

"걱정 안 해도 돼. 고객들은 미모하고는 거리가 머니까. 보스는 애인이 바람을 피우거나 하면 꼭 직접 처리해."

"명예를 중시하는 양반인가봐?"

"내 생각엔 예쁜 여자를 죽이는 게 취미인 것 같아. 추물들은 우리한테 넘겨버리거든."

첫번째 여자 고객은 무슨 문화원 원장인가 하는 여자였다. 유리에게 생뚱맞다고 했더니 그는 이렇게 대답했다.

"그 여자의 교양 수준은 당신이나 나랑 거의 비슷할걸? 문화원은 간판일 뿐이야."

나는 문화원이라는 간판 뒤에 뭐가 숨겨져 있는지는 끝내 알아내지 못했다. 문화원 원장은 넙데데한 얼굴에 콧수염이 거뭇거뭇한 데다 깡마른 두 다리로 산더미만한 배를 받치고 뒤뚱거리는 추물 중의 상추물이었다. 임무수행에는 아무 문제도 없었다.

"남자든 여자든 무슨 상관이람? 해보니 아무 차이도 못 느끼겠던걸?" 나는 유리에게 말했다.

"나중에 예쁜 여자를 한 번 죽여봐."

"잘생긴 남자를 죽이는 것도 고역이긴 마찬가지일 거야. 나는 사람을 구분짓는 게 성이 아니라 아름다움이라고 봐."

"그건 또 웬 잡소리야?"

"잡소리가 아니라 철학적인 이야기야. 성, 즉 섹스는 '구분짓는'이라는 뜻을 갖고 있어. 아름다운 사람들은, 지구상에 한 덩어리로 우글거리는 대다수의 인간들과 '구분되는'

존재들이란 말씀이지."

"세어봐." 유리는 돈 봉투를 건네며 내 말을 잘랐다.

라디오헤드의 음악은 새로운 삶과 잘 맞아떨어졌다. 그 음악과 새 직업은 노스탤지어라는 것이 철두철미하게 결핍되어 있다는 점에서 완전히 일치했다. 나는 고객들을 저세상으로 보낼 때 그들의 과거를 돌아보지 않았다. 그런 식으로 청승을 떠는 일은 절대로 없었다. 그들이 한때 젊었건 말았건 그건 내 알 바 아니었으니까. 영화 〈시계태엽 오렌지 Clockwork Orange〉(미국 영화감독 스탠리 큐브릭(Stanley Kubrick, 1928-1999)의 1971년작 : 옮긴이)의 주인공은 베토벤의 음악을 들으면 과격해진다. 반면 라디오헤드의 음악은 나를 분노에 빠뜨리는 대신 기막히게 '현재적'인 인간으로, 즉 회상이라는 유독한 감상에 무심한 존재로 만들어주었다.

그렇다고 내 태도가 차갑기만 한 건 절대 아니었다. 사람을 죽일 때만큼 감정이 풍요로워지는 순간도 없었으니까. 하지만 그 수많은 감정들 중에 울적한 기운을 풍기는 건 하나도 없었다. 그렇다고 해서 마냥 좋기만 한 감정들도 아니었지만 말이다. 어떤 음악을 듣느냐에 따라 살인하는 방식도 달라진다. 〈시계태엽 오렌지〉에서 살인은 베토벤 교향곡 9번의 환희에 찬 선율, 기뻐야 한다고 강요하는 듯한 그 선율과 하나가 된다. 나는 라디오헤드의 음악을 감싸고 있는 몽롱한 분위기 속에서 살인을 저질렀다.

 유리는 나보다 수입이 많았다. 더 적은 고객을 상대하는데도.
 "그럴 수밖에. 책임이 막중하잖아. 보스의 얼굴이며 행동대원들의 신상을 알고 있으니까."
 "겁나는데. 당신이 경찰에 잡히는 날이면 다들 끝장이잖아."
 "괜찮아. 그럴 때를 대비해서 혀 밑에 청산가리 캡슐을 넣어 다니니까."
 "당신이 그걸 삼킬 거라고 누가 장담할 수 있어?"
 "삼키지 않으면 보스가 직접 나서서 나를 해치울 거야. 그런데 그건 생각도 하기 싫어."
 "보스는 사람을 그렇게 잘 죽이면서 왜 일마다 다른 사람한테 맡기는 거야?"
 "예술가거든. 머리통에 총알 두 발 박기. 그건 보스의 체

면을 구기는 일이지. 보스는 늘 사람들의 이목을 끌 수 있을 만큼 세련되고 독창적인 살인을 하고 싶어 해. 그런데 계속 그런 식으로 나가다 보면 꼬리를 밟히기 십상이잖아."

비밀스런 조직에 가담해 있다고 생각하니 기분이 날아갈 것 같았다.

"청산가리 캡슐 말인데, 실수로 삼켜버릴까봐 겁나지 않아?"

"그래서 평소에 캐러멜을 삼가고 있지." 그 간결한 대답에 나는 입을 딱 벌리고 말았다.

유리가 그만한 돈을 버는 이유를 알 것 같았다.

준비 과정이 즐겁다는 점에서 새 직업은 내게 안성맞춤이었다. 임무를 수행하기 전에 꼭 해야 하는 일 중 하나는 손을 씻는 것이었다. 깨끗하게 하기 위해서라기보다는 미끄러지지 않게 하기 위해서였다. 총이 손에서 미끄러지기라도 하면 큰일이었으니까. 아몬드 오일이 함유되어 손을 매끄럽게 가꾸어준다는 손 전용 세징제는 사절이었다. 임무수행 전에 손을 씻는 데는 빨랫비누가 제격이었다. 청바지에 묻은 기름때도 썩썩 잘 빼주는 빨랫비누 말이다.

유리를 만나 임무수행에 들어간 때는 찬바람이 쌩쌩 부는 이월이었다. 원래 뜨끈뜨끈한 물로 샤워하는 걸 좋아하는 나였지만 손만은 얼음장처럼 차디찬 물로 씻는 버릇을 들였다. 임무를 수행하기 위해 집을 나서기 전이면 나는 레몬향

빨랫비누로 손에 거품을 가득 내어 열나게 문지른 다음 얼음알갱이가 뚝뚝 떨어질 만큼 차가운 물로 헹궜다. 손을 꽁꽁 얼리는 게 왜 그렇게 즐거웠는지 그 이유는 지금 생각해도 잘 모르겠다. 어쨌든 그렇게 손을 씻고 나면 냉기가 감도는 수건으로 손을 닦았다. 얼음덩어리를 쥐고 있는 듯한 느낌을 고스란히 간직하기 위해서였다. 몸의 다른 부분들은 그런 냉기를 못 견뎌 했을 테지만 손만은 그 차디찬 정화과정에 기뻐 날뛰었다. 정신이 번쩍 들 만큼 차가운 물세례에도 내 손은 얼어붙지 않고 오히려 이상하리만치 생기발랄하고 원기왕성하고 자신만만해졌다.

생각해보니 냉수 세례를 좋아하는 부분이 또 하나 있다. 바로 머리통을 제외한 얼굴 부분이다. 몸의 다른 부분들이 아늑한 온기를 필요로 하는 만큼 내 얼굴과 손은 소름끼치는 냉기를 느끼고 싶어 한다. 얼굴과 손의 공통점? 그건 바로 '말'이다. 입은 말을 내뱉고 손은 말을 써내려간다. 나의 말은 죽음처럼 싸늘하다.

유리의 책상 위에는 예쁜 여자들의 사진이 즐비했다.
"러시아 여자들이야?" 나는 턱짓으로 물었다.

"프랑스 여자들이야." 그는 왼쪽 볼짓으로 대답했다.

"거리에서는 왜 저런 여자들을 볼 수가 없을까?"

"마주친 적이 있을걸? 프랑스 남자들은 눈 뜬 장님들이라니까. 우리 러시아 남자들은 결핍이라는 게 뭔지 뼈저리게 경험했기 때문에 눈이 훨씬 더 밝지."

"말도 안 돼. 러시아 여자들이 훨씬 더 예쁜 것 같은데."

"우리 러시아 남자들은 눈을 제대로 뜨고 다녀. 프랑스 남자들은 눈을 호주머니에 쑤셔 넣고 다니지만. 내 말이 맞다니까. 프랑스 여자들이 훨씬 더 예뻐."

아득히 먼 옛날 나도 그렇게 생각했다는 사실이 새삼 떠올랐다.

내 우수 어린 표정을 뚱한 표정으로 오해한 유리가 나를 위로했다.

"언짢아하지 마. 언젠가는 당신도 보게 될 테니까."

안타까워라! 그것만큼 불확실한 것도 없었다.

다행히도 내게는 사람 죽이는 재미가 남아 있었다. 그것만큼은 단 한 번도 내 기대를 저버리지 않았다.

시간이 흐르면 처음의 그 광란적인 열정이 사그라지지 않을까 몹시 염려스러웠지만 그런 일은 결코 일어나지 않았다. 횟수가 거듭될수록 그 열정은 더욱더 강렬해지기만 했을 뿐.

집에 도착하기도 전에 사정해버리지 않을까 조마조마할 때가 한두 번이 아니었다. 하지만 임무수행 그 자체에는 성욕을 자극하는 면이 전혀 없었다. 나는 나 자신을 잘 알고 있었다. 내가 아름다운 사람들에 대해서만 그런 감정을 느낀다는 것을. 그런데 고객들 중엔 죽여줄 만큼 아름다운 사람도 죽여버리고 싶을 만큼 추한 사람도 없었다.

내 욕망에 불을 지피는 것은 바로 살인이라는 행위 그 자체였다. 그건 나 자신을 선이니 악이니 하는 것과 무관한, 그게 아니라면 선과 악을 가장 현명하게 판가름하는 신의 경지로 끌어올려주는 행위였으니까. 방아쇠를 당기는 순간 내 머릿속 가장 높이 자리한 부분은 자신이 희생자들의 운명을 결정지을 뿐 아니라 지고한 하늘의 뜻을 보여준다는 데 대해 추호의 의심도 품지 않았다.

'감각의 기억상실'이라는 증세에 시달리기 전이었다면 그런 식으로 살인을 저지를 수 없었으리라. 넘어야 하는 장애가 너무나 많았을 테니까. 우리는 몸을 통해 이웃에게 친절을 베풀고 연민을 보인다. 돌이켜보니 예전에 나는 내 다리를 물고 늘어지는 개조차도 발로 걷어차지 못했다.

하지만 낯모르는 이들을 죽여 없앨 때 넘어서야 하는 육체적인 저항은 너무나 미약해서 그것이 과연 육체적인 것인지조차도 의심스러울 지경이었다. 내 몸에서 최후의 보루는, 그러니까 실제 몸으로 존재하는 부분은, 어디인지 잘은 몰라도 실제로 살덩이였던 시절의 아련한 기억에 불과했다. 그리고 이제는 쾌감을 느끼는 데만 쓰일 뿐이었다. 최소한의 신체기관이 없다면 오르가슴도 느낄 수 없는 법이다.

하지만 최소한의 기관으로도 충분했다. 아니 그러고도 남았다. 쾌감을 느끼는 부위가 최소한의 성감대에 국한되었으니까. 그 부위에 영혼을 불어넣는 것은 말 그대로 식은 죽 먹기였다. 살인이라는 행위에는 정신적인 면이 무궁무진하게 들어가 있으니까. 오르가슴이라는 것이 다름 아닌 생각으로 충만한 육체라는 걸 고려한다면 여러분도 그 당시 나의 일상생활을 이해할 수 있을 것이다.

오토바이는 내게 없어서는 안 될 소중한 물건이었다. 목숨을 부지할 수 있게 해주었을 뿐 아니라 막 불붙은 욕망을 내 침실까지 무사히 날라 올 수 있게 해주었으니까.

도중에 열이 식으면 나는 다양한 살인 장면을 떠올리며 다시 욕망에 불을 지폈다. 단도를 가슴팍에 찔러 넣는 장면,

칼끝으로 목을 찌르는 장면, 장검으로 머리를 베는 장면 등등. 성적 환상이 제 힘을 발휘하기 위해서는 반드시 장면마다 피가 낭자해야 했다.

희한한 일이었다. 목을 조르거나 독약을 먹이거나 가스를 마시게 하는 것도 잔인하기 그지없는 살인 방법인데 굳이 피 터지는 장면만 고집했으니. 그렇듯 나는 헤모글로빈 가득한 장면을 떠올려야 절정에 이를 수 있었다. 에로티시즘처럼 묘한 게 또 있을까.

어느 날 나는 길을 가다 예전에 사랑했던 여자를 만났다. 그런 식으로 옛 애인과 마주친 게 한두 번이 아니었다. 그리고 그건 내가 그리 좋아하는 상황이 아니었다. 하얗게 지워버리고 싶은 기억을 새삼 떠올리게 만들었으므로. 게다가 서로 괜찮은 척하는 그 어색한 상황은 또 어떻고.

하지만 이번엔 달랐다. 무엇보다 놀라웠던 건 내가 전혀 불편해하지 않았다는 거였다. 철두철미하게 아무 감정도 느낄 수 없었다. 자리를 피하고 싶다는 마음도 들지 않았다. 나는 그저 가볍게 인사를 건넸다.

"잘 지내나봐?" 그녀가 말했다.

"잘 지내. 넌?"

그녀가 시무룩한 표정을 지었다. 뭔가 털어놓을 게 있는 모양이었다. 나는 얼른 작별인사를 하고 자리를 떴다.

"인정머리 없는 인간 같으니." 등 뒤에서 그녀의 목소리가 들려왔다.

사실 내게 인정머리 같은 건 더 이상 남아 있지 않았다. 그 본거지인 심장을 들어내 버렸으니까. 이제 내 가슴 속에는 고통과 충만의 공간이 자리하고 있지 않았다. 있는지 없는지 구별도 안 가는 혈액 공급 장치가 들어앉아 있을 뿐.

사라진 심장에 대해 아쉬운 마음은 들지 않았다. 늘 그 허약함만 마음에 걸렸던 탓이리라. 나는 전설적인 힘을 지닌 심장, 로드리고의 용맹한 심장을 타고나지 않았으므로(로드리고는 프랑스의 극작가 코르네유(Pierre Corneille, 1606-1684)의 비극 『르시드Le Cid』의 주인공으로 연로한 아버지가 받은 치욕을 갚기 위하여 약혼녀의 아버지를 결투로써 죽여야 하는 처지에 놓이고, 이로 인해 처절하게 고뇌한다 : 옮긴이).

나는 유리에게 살인하는 게 좋으냐고 물어보았다.

"자유로워지는 것 같아서 좋아." 그가 대답했다.

"무엇으로부터?"

"스트레스, 불안 뭐 그런 거."

"사람을 죽일 때 불안하지 않아?"

"아니. 겁나."

"겁을 내면서 불안을 해소한다고?"

"응, 당신은 아냐?"

"아닌데."

"그럼 왜 이 일을 하는 거야?"

"나는 겁먹는 것 자체를 즐기거든. 그 기분을 굳이 떨쳐 내고 싶지 않아."

"정말 변태로군 그래."

유리의 목소리에 존경심이 묻어났다. 그 존경심을 계속 유지시키기 위해 나는 토를 달지 않았다.

얼마 안 가서 나는 '개인 사업'에 뛰어들었다. 성에 찰 만큼 임무가 많이 주어지지 않아서였다. 전화가 걸려오지 않는 날은 얼마나 견디기 힘들던지. 예전 같았으면 섹스를 하지 않고 넘어가는 날에 비할 만했다. 휴대전화를 한시도 떼어놓지 못하는 내 꼴은 예전에 섹스파트너를 찾아 신문의

구인란을 눈이 벌게지도록 톺아보고 있던 내 모습과 하나도 다를 게 없었다. 잠시 생각에 잠겼던 나는 소규모로 '창업' 해보는 것도 괜찮겠다는 결론에 이르렀다.

'살인청부업자들이 몇 번씩이고 완전범죄를 저지를 수 있는 것은 늘 낯모르는 사람만 죽이도록 지시를 받기 때문이야. 그러니 경찰이 절대로 범죄동기를 짚어낼 수 없을 수밖에. 내 이름을 걸고 창업을 해보는 것도 괜찮지 않을까? 기본 원칙만 잘 지키면 되잖아. 생판 모르는 사람만 죽인다는 거.'

처음에는 전화번호부를 '살생부'로 이용했다. 그러니까, 눈을 감은 채 전화번호부를 마구잡이로 펼쳐 든 다음 아무 데나 짚어서 걸리는 이름을 그날의 고객으로 삼는 식이었다. 결과는 참담했다. 누군가의 이름을 알면 정말로 그 사람을 모른다고 할 수 없었으므로. 방아쇠를 당기는 순간 그 이름이라는 게 생선가시처럼 목에 걸렸다. 진정한 쾌감을 느끼기 위해서는 양심의 가책에서 완전히 자유로워야 하는데 말이다.

가장 이상적인 고객은 길에서 마주치는 사람, 마주쳐도

얼굴조차 쳐다보지 않는 사람이다. 그 경우 기회만 좋으면, 즉 보는 사람이 없으면 마음 놓고 일을 저지를 수 있다. 물건도 보면 욕심이 생긴다는 속담이 있다. 하물며 기회가 왔는데 어찌 죽일 마음이 나지 않겠는가. 그 경우 총을 쏜 나나 총을 맞은 사람이나 정신없기는 매한가지였다.

나는 내 개인 사업에 '패스트킬'이라는 이름을 붙였다. 왜, 음식에도 패스트푸드라는 게 있지 않은가. 물론 맥도널드에서 식사를 때우는 게 자랑이 아니듯 그 짓거리도 내놓고 자랑할 만한 건 아니었다. 그런 만큼 그로 인한 쾌감은 더더욱 강렬했다.

나는 걷잡을 수 없이 '패스트킬'에 빠져들었다. '혹시 연쇄살인범이 돼버린 거 아냐?' 어느 날 밤 문득 이런 생각이 들자 불안했다. 병적인 인간이 되어가는 것보다 천박한 인간이 되어가는 게 더 걱정스러웠다. 내게 있어서 연쇄살인범이란 삼류 영화들 중에서도 가장 시시한 영화에나 등장하는, 영감이라곤 받을 길 없는 시나리오 작가들의 단골 메뉴였으니까. 많은 사람들에게 인기가 있다는 건 그만큼 더 천박하다는 증거였다.

내가 연쇄살인범들의 특징들 중 어느 하나도 갖고 있지 않다는 것을 떠올리고 나니 그때서야 마음이 놓였다. 나는 그자들처럼 사소한 것에 집착해서 오래도록 계획을 세우고 일을 꾸미지 않았다. 나는 건강을 유지하기 위해 닥치는 대로 아무나 죽였다. 날마다 일정량의 다크초콜릿을 먹어줘야 속이 풀리는 이가 있듯 나는 날마다 일정한 양만큼 살인을 저질러줘야 몸이 풀렸다. 물론 일정량을 넘겼을 땐 속이 좋지 않았다(그건 초콜릿광들도 마찬가지이리라). 하지만 종종 그런 경우가 생겼다. 하루 종일 못 견디게 잠잠하던 전화기가 밤 열 시 반에 뜬금없이 울려댈 때의 기분이라니. 그럴 때면 이미 나는 패스트킬의 유혹에 넘어가 누군가를 해치운 다음이었다. 하지만 야간 임무 수행에 대해서 불평 같은 건 할 수 없었다. 지체 없이 명령을 따라야 했다. 구미가 당기지 않더라도. 청부살인업계만큼 신용이 중시되는 사회도 없을 것이다. 한 번만 실수를 해도 끝장이다. 즉 늙다리 여배우들처럼 퇴물 취급을 받는다.

그런저런 이유로 해서 나는 유치한 개인 사업에 너무 몰두하지 않기로 했다. 그랬다간 내 자리가 위태로워질 수도 있었으니까. 나는 새 직장에서 쫓겨나고 싶지 않았다. 일 자체도 엄청나게 마음에 들었을 뿐 아니라 그 일을 하면서 어마어마한 호사를 누릴 수 있었으므로. 우선 선택된 사수, 즉 엘리트 사수라는 자긍심을 느낄 수 있었고 고객의 사진이 오래된 것일 때에는 사진 속의 고객과 실제 고객을 대조해보는 재미를, 진짜 쓰레기 같은 인간을 해치울 때에는 진정한 기쁨을 맛볼 수 있었으며 또한 심하게 불가사의한 임무를 맡을 때면 상상력을 발휘해보는 재미가 쏠쏠했다. '도대체 왜 보스는 카르멜파 수녀를 없애버리려는 거지?' 마지막으로 꼭 짚고 넘어가야 할 것이 있는데, 보수가 넘칠 만큼 넉넉하다는 것이었다.

 내 사업에 대해 냄새를 맡았던 걸까? 나를 겁줄 셈인지 유리는 '프리랜서'로 일했던 동료의 이야기를 꺼냈다.
 "그래서 해고해버렸어?" 내가 유리에게 물었다.
 "말도 안 되는 소리. 그냥 우리 고객으로 만들어버렸지. 그 자리에서."
 등줄기가 서늘해졌다. 나를 물고 늘어질 경우에 대비해 나는 변론을 준비했다.
 '청부살인업자라는 자부심을 갖고 일할 수 있었다면 그런 껄렁한 일 같은 건 시작하지도 않았을 거야. 왜 임무에 대해서 꼭 스물네 시간 전에만 이야기해주지? 보스께서 갑자기 계획을 세우셔서 그렇게 됐다고 말할 생각은 말아줘.

알아. 신중에 신중을 기하기 위해서, 혹시라도 내가 경찰에 체포되면 아무것도 모르고 있는 편이 훨씬 낫기 때문이라고 대답하겠지. 하지만 행동대원들이 불안에 떨지 않아야 일을 더 안전하게 처리할 수 있는 것 아닐까? 그날 누군가를 죽일 수 있을지 없을지 잘 모르는 채로 잠에서 깰 때 얼마나 불안한지 알기나 해? 게다가 생활은 어떻게 하고? 다달이 돈이 얼마나 들어올지 모르면서 어떻게 생활을 해? 불가능한 일을 해달라고 억지를 쓰는 게 아니잖아. 제발 임무를 알려줄 땐 단 사흘이라도 시간을 두고 알려줘. 기간을 조정해보겠다면 나도 기꺼이 협상에 응할게.'

하지만 내 머릿속 장광설은 머릿속 장광설로 끝나고 말았는데…… 아마 과대망상중의 초기 증상인 듯했다.

그렇지만 그 장광설은 구구절절이 옳았다. 언제 어떻게 될지 모르면서 하루하루를 살아간다는 건 허무 속에서 살아가는 것과 다름없었다. 그런 생활을 견뎌내려면 초인이 되어야 했다. 나는 그런 척하면서 살아갔다. 사실은 그렇다는 환상조차도 품고 있지 않으면서. 라디오헤드의 음악이라도 듣지 않았다면 나는 결코 버틸 수 없었으리라. 몇 시간이고 바닥에 드러누운 채 휴대전화의 진동음이 울리기만을 기다리며 나는 라디오헤드의 '내가 끝낼 때 당신은 시작하고

When I End You Begin'를 듣고 또 들었다. 그 음악은 내게 끝도 없이 속삭여댔다. 하늘이 무너진다고…… 실제로 하늘이 무너졌다. 그 텅 빈 공간이 나를 짓누르고 깔아뭉개서 악만 남은 인간으로 만들었다.

"남는 시간엔 뭐 해?" 나는 유리에게 물었다.

"십자 낱말 맞추기. 당신은?"

"라디오헤드를 들어."

"거 참 좋지. 라디오헤드."

유리는 구십년대에 유행했던 라디오헤드의 노래를 흥얼거렸다.

나는 그를 가로막았다. "아니, 내 심심풀이 특효약은 전부 최근에 발매된 앨범 석 장 속에 들어 있어."

"실험적인 음악들뿐이던데." 유리가 눈살을 찌푸리며 말을 받았다.

"그럴 수밖에. 나는 실험적인 살인업자거든."

"거기서 또 속물근성이 나오는군 그래."

나는 유리보다 우월하다는 달콤한 자부심에 빠져들었다. 유리가 구닥다리 살인청부업자라면 나는 새 천 년을 이끌어갈 신세대 살인청부업자였으니까.

어쩌다 나는 여름이나 겨울이나 한결같이 모자를 쓰고 다닌다는 실업가를 고객으로 맞게 되었다. 골칫거리였다. 총알이 모자만 맞히고 머리를 꿰뚫지 못하면 어떡한담?

어떻게든 고객의 모자를 벗겨내야 했다. 그 고객은 나이가 지긋한 만큼 예의를 중시할 게 분명했다. 해서 나는 상류층 사모님처럼 변장하기로 마음먹었다. 뱃사람처럼 우락부락한 내 몰골로 보아 자칫 잘못했다간 웃음거리가 될 게 뻔했지만. 다행히도 이번에는 며칠 정도 여유가 있었다.

사모님으로 변신하는 과정에 있어서 가장 힘들었던 건 내 발 크기에 맞는 하이힐을 구하는 것과 그 하이힐을 신고 돌아다니는 것이었다. 나는 어떡하든 사람들의 존경을 한몸에 받을 만한 사모님으로 보여야 했다(하긴 그런 물건을 발에

꿰고 다니는데 그 누가 우러러보지 않겠는가). 허리부분이 잘록하게 들어간 투피스가 내 몸매를, 가발이 내 얼굴을 대충 가려주었다. 그리하여 칠흑 같은 어둠 속에서 나는 나름대로 사모님다워 보일 수 있었다.

나의 고객은 내게 인사를 하느라 잠시잠깐 모자를 벗었다. 그야말로 눈 깜짝할 사이였다. 내 동작은 전광석화와도 같았다.

그가 남긴 마지막 말은 "안녕하십니까, 여……" 였다.

잠드는 데, 아니 아예 살아가는 데 방해가 될 만큼 머릿속을 끊임없이 맴도는 음악이 있다. 뇌가 그 음악을 반복재생해대는 동안 다른 생각은 조금도 할 수 없다. 처음엔 음악 때문에 자기 자신을 잃어버리는 것이, 자신이 하나의 악보일 뿐이며 그러므로 괴로운 생각 따윈 하지 않아도 된다는 것이 기쁘기 그지없다. 그로 인해 활력과 의욕이 샘솟는다.

하지만 조금씩 조금씩 뇌는 괴로워하기 시작한다. 음표 하나하나가 뇌 속에 자리를 차고앉았는데 늘 같은 자리에서 같은 음표만 울려대는 통에 급기야는 뇌에 골이 파이고 파인 자리에선 경련이 일어난다. 음악이 시작되면서 끝날 때까지 정신은 '십자가 길'을 걷는다. 실제로 음악이 울리고 있지 않은데도, 그러니까 그 음악이 머릿속에 단지 떠오르기만 하는 것인데도 뇌가 정말로 괴로워한다는 점에서 참 유별난 현상이라고 하지 않을 수 없다. 그저 음악이 떠오르는 것만으로도 정신이 멍해지면서 머리에는 쥐가 난다.

자신을 자유롭게 해준다고 생각했던 것으로부터 자유로워지는 것이 얼마나 힘든 일인지. '굴러들어온 돌이 박힌 돌을 빼낸다'는 속담도 이 경우엔 헛말이다. 머릿속에 들어박힌 유독한 악보를 다른 악보로 대신할 수 없으니까. 아무리 다른 음악으로 덮고 덮어도 그걸 뚫고 메아리치니까.

짝사랑에 미쳐 있을 때도 마찬가지다. 예전에 나는 그런 광란적인 짝사랑에서 벗어나고 싶을 때면 끔찍한 방법을 쓰곤 했다. 그 방법이란 게 무엇이냐, 짝사랑의 대상을 '심층 연구'하는 것이었다. 즉 대상의 일거수일투족을 세심하게 관찰하는 것이었는데, 그렇게 하다보면 짝사랑의 열기는 급속도로 식어가게 마련이었다. 대상들은 십중팔구 가공의 인물을 연기하고 있었으니까. 그 사실을 파악하는 순간부터 연구 주제는 지극히 단순해지면서 나는 그 미친 사랑으로부터 쉽사리 빠져나올 수 있었다. 치유 불가능한 사랑에 빠져들게 하는 대상들은 현실의 복잡성을 고스란히 보여주는 아가씨들인데, 그네들을 실제로 만날 확률은 백만분의 일 정도다.

사실 짝사랑보다 음악에서 헤어나는 것이 훨씬 더 힘들다. 똑같은 방법을 사용하더라도 말이다. 어디 한 번 라디오헤드의 베이스 독주 부분을 심층 연구해보시지! 온통 수수께끼뿐이라는 걸 알게 될 테니! 나는 헤드폰을 쓴 채 라디오헤드의 최신 음반 석 장을 되풀이해 들으며 외부로부터 완전히 차단된 감각의 세계에 틀어박혔다. 그건 마치 감미로운 마약을 계속해서 혈관에 주입하는 것과 같았다. 헤드폰을 벗고 임무를 수행하러 갈 때도 내 머릿속 주크박스는 반복해서 돌아갔다.

그건 내 행위의 배경음악이 아니라 행위 그 자체였다. 나는 그 음악과 완전히 하나가 되어 살인을 저질렀다.

"여자로 변신해본 소감 좀 말해봐." 유리가 내게 말했다.
"아무렇지도 않던데? 아무래도 난 게이가 될 소질이 없나봐. 우리 조직에 여자 행동대원은 없어?"
"다른 행동대원에 대해서 말하면 안 돼."
"여자 행동대원이 있는지 없는지만 말해줘."

"날씨 한 번 화창하네. 아직 바람이 좀 쌀쌀하긴 하지만."

"관둬. 당신이 생각하기엔 어때? 여자도 살인을 할 수 있을 것 같아?"

"물론이지. 무슨 말을 하고 싶은 거야?"

"그러니까, 여자도 우리 남자들처럼 살인을 저지를 수 있겠느냐고."

"못할 게 뭐야."

나는 남자와 여자의 차이 운운하는 진부한 이야기를 꺼낼 수밖에 없었다. 남자와 여자는 말이야, 같을 수가 없어. 서로 상호보완적인 관계에 있다고나 할까. 왜 그런지 말해볼게, 등등. 그런 닳고 닳은 이야기를 들을 때마다 사람들이 얼마나 좋아라 하는지. 정말 충격적이다. 싸구려 선입견만큼 사람들을 한데 뭉치게 하는 것도 없다는 건. 내가 굳이 그렇게 횡설수설한 건 어떻게든 러시아인 동료로 하여금 진실을 털어놓게 하기 위해서였다. 안타까워라! 아무래도 그는 훈련을 너무 잘 받은 게 틀림없었다. 그저 이렇게 한마디 하고 말았으니까.

"그렇게 본다면 그렇겠지 뭐……."

일생일대의 사랑이나 일생일대의 작가나 일생일대의 철학을 만나게 되는 불행한 사람들이 있다. 그들은 머잖아 바보천치가 된다.

내겐 더 큰 불행이 닥쳤다. 일생일대의 음악을 만나고 말았으니. 라디오헤드가 얼마나 머리를 짜내서 만들었는지 몰라도 그 음악은 치매보다 더 심하게 내 두뇌를 망가뜨렸다. 나는 배경음악이라면 딱 질색이다. 첫째로 그것보다 더 천박한 게 없기 때문이고, 둘째로 제아무리 아름다운 멜로디도 배경음악이 되면 톱질소리보다 더 끔찍하게 머리를 긁어대는 소음에 지나지 않기 때문이다. 배경사랑이니 배경문학이니 배경사상이니 하는 것들은 존재하지 않는다. 오로지 음악만 배경이 된다. 그리고 그때 음악은 음악이 아닌 소음이자 뇌에 유독한 물질이 된다. 총을 발사하는 소리만 나를 잠시잠깐 배경음악의 감옥에서 꺼내줄 뿐이었다.

남자처럼 살인을 저지르는 여자들이 있기를 내가 얼마나 바라고 또 바랐는지 모른다. '살인 후 환상' 속에서 늘 남자에게만 살인자의 역할을 맡기는 건 지루하기 짝이 없는 일이었으니까. 여자 살인자를 언뜻언뜻 머리에 떠올려보지 않은 건 아니었지만 구체적인 상황을 설정해보기에는 참고자료가 턱없이 모자랐다. 내가 남자보다 여자를 더 좋아하는 건 아니었다. 그저 다양하게 체험해보고 싶었다. 머릿속에서라도.

일단 그런 생각이 들자 길에서 마주치는 미녀들이 달리 보였다. 그녀들을 볼 때마다 내 머릿속을 파고드는 생각은 단 하나, '저들도 나처럼 사람을 죽일 수 있을까?'였다. 그럴 때면 내 표정이 야릇해지는 모양이었다. 아가씨들이 눈에 띄게 불편해 했으니까.

비 내리는 날이면 바람에 실려 오는 비 냄새에 나는 낭만적인 상상으로 들떴다. 레인코트의 깃을 세운 채 어딘가로 달려가는 '살인녀'들. 손에 쥔 권총에서 아직도 연기가 모락모락 피어오르는 가운데(안타까워라, 실제로 그런 장면은 한 번도 본 적이 없었으니)…… 내 오토바이에 올라타 '나를 멀리 데려가줘'라고 말하고. 아, 그 애타는 눈빛이라니. 이윽고 그녀는 두 팔로 내 목을 휘감는다. 그렇다. 상상 속을 헤매다 보면 '그녀들'은 어느새 '그녀'가 되어 있곤 했다. 나를 쾌감의 절정으로 이끄는 이야기를 지어낼 때면. 처음에 그녀는 여러 얼굴을 하고 있게 마련이었다. 원래의 얼굴이 숨겨진 채. 하지만 좀더 멀리 나가면서 일반적인 그녀는 특정한 그녀가 되었다. 그때부터 두 눈동자가, 얼굴 생김이, 표정이 뚜렷해지기 시작했다. 때로는 목소리까지도. 그녀는 나라는 '아담'의 갈비뼈들 중 하나에서 비롯된 '이브'였다. 살인 후 환상 속에서 살인남들은 대개 나와 한 번쯤 마주친 적이 있는 남자들이었다. 직업상 나는 남자들을 만날 일이 많았다. 하지만 여자들과 맞닥뜨릴 기회는 거의 없었다. 그러니 살인녀는 순전히 내 상상의 산물일 수밖에 없었다. 살인남들은 내가 아는 남자들이었고 살인녀들은 내가 만들어낸 여자들이었다. 그리고 내 환상이 막바지에 치달을 때쯤 그녀들은 '그녀'가 되었다. 나는 그녀를 통해 절정에 이르렀다. 그녀는 유일한 여자, 이 세상에 하나뿐인 여자였다. 그 누가 그녀만큼 온전히 존재할까.

희생자의 피나 뇌수가 나한테 튀는 일은 드물었다. 그것들은 대개 총알이 날아가는 방향으로, 그러니까 내가 서 있는 곳에서 가장 먼 반대쪽으로 튀게 마련이었으니까. 하지만 가끔 그것들이 벽에 부딪히거나 희생자의 머리통이 산산이 부서지거나 하면 나도 끔찍한 오물 세례를 뒤집어써야 했다. 오토바이를 4배속으로 몰아 집으로 돌아오면서 소맷

자락에 묻은 헤모글로빈 덩어리를 바라볼 때면 천하의 모차르트도 이런 걸 보면서 악상을 떠올리지는 않았을 거란 생각이 들었다.

일을 시작한 지 얼마 되지 않았을 땐 집에 돌아오면 샤워부터 했다. 바보짓이었다. 사실 피 묻은 옷부터 빨아야 했다. 옷에 피만 묻어 있어도 그 얼룩을 지우기가 여간 힘든 게 아니었다. 몇 번이나 얼룩 제거에 실패한 끝에 나는 뜨거운 물로 피 묻은 옷을 빨면 오히려 핏자국이 엉겨 붙어 절대로 지워지지 않는다는 것을 알게 되었다. '기억해둘 것. 나는 살인을 할 때면 냉혈한으로 돌변한다. 그러니 피 얼룩은 냉수로 제거할 것.'

지난 삼월 초엔 꽃샘추위가 기승을 부렸다. 봄을 기다리던 사람들은 난데없는 눈보라에 시달려야 했다. 그날 나는 파리 남동쪽 뱅센에 가서 공증인 한 명을 해치웠다. 그런데 그자의 머리통에서 피가 엄청나게 튀는 바람에 그 집 현관 앞은 온통 피바다가 되고 말았다. 나는 시체를 처리한 후 현장을 깨끗하게 치워놓고 오도록 지시를 받은 상태였다. 하늘이 나를 도왔다. 앞마당에 쌓인 눈을 몇 삽 퍼서 온통 시뻘겋게 물든 현관 앞에 뿌리는 것으로 청소를 끝낼 수 있었으니까. 걸레질이나 해대는 것보다 몇 배는 더 효율적이고

시적이었다. 안타까운 건 현장에 항상 눈이 수북이 쌓여 있는 건 아니라는 점이었다.

뇌수는 피보다 더 골칫거리였다. 그건 기름덩이여서 말로 다할 수 없이 끔찍한 얼룩을 남겼다. 뇌는 순전히 기름덩어리다. 그리고 기름덩어리는 지저분하다. 한 번에 얼룩을 지우지 못하면 영영 제대로 지울 수 없다.

이 모두가 나만의 철학을, 즉 몸이 아니라 영혼이 말썽이라는 내 주장을 뒷받침해준다. 몸은 피다. 그리고 피는 깨끗하다. 영혼은 뇌다. 그런데 뇌는 기름덩어리다. 기름덩어리 뇌가 우리로 하여금 온갖 못된 짓거리를 저지르게 한다.

나는 직업상 악행을 일삼았다. 내가 그렇듯 마구잡이로 살아갈 수 있었던 것은 몸이 없어졌기 때문이다. 정신을 붙들어 맬 수 있는 몸이.

나는 내 몸에 대해서 지극히 미미하게 느낄 수 있을 뿐이었다. 그나마도 살인을 저지르면서 얻는 '유사 감각'이었다. 그 속에 고통 같은 건 없었다. 내 감각기관들은 도덕관념이 없었으니까.

살인자는 그 누구보다 만남이라는 걸 중시한다.

요즘 사람들 사이의 관계는 어떤가? 너무나 보잘것없어서 속이 쓰릴 정도다. 요새 사람들이 '만남'이라고 번드르

르하게 불러대는 것이 실제로 어떤지 들여다보면 민망하기 그지없다. 누군가를 만난다는 건 일대 사건이어야 한다. 사막 한가운데서 사십 일 동안 혼자 도를 닦던 수도승이 문득 고개를 들어 똑같은 처지의 은자를 발견했을 때와 같은 충격을 동반해야 한다.

만남의 횟수가 늘어나면서 그 의미는 완전히 퇴색해버렸다. 극단적인 예를 들어볼까. 프루스트와 조이스가 택시에 합승을 하게 됐는데 목적지까지 가는 내내 둘이 택시요금만 놓고 입씨름을 벌이는 경우를 생각해보라. 그렇듯 이제 사람들은 만남이라는 것을, 누군가를 알게 될 절호의 기회를 믿지 않는 것 같다.

살인자는 그런 면에서 누구보다 치열하다. 만나는 상대를 제거해서 그 만남을 완성하니까. 즉 관계를 맺으니까. 프루스트가 택시 안에서 조이스를 죽인다면 그 만남은 보다 덜 실망스러우리라. 어쩌면 둘이 제대로 만났다고 말할 수도 있겠지.

물론 상대를 죽이는 것만으로 온전한 만남을 이루었다고 할 수는 없을 것이다. 특히 살인청부업자는 자신이 죽이는 상대가 누군지도 모른다. 하지만 그래도 그게 어딘가. 따지고 보면 살인청부업자가 희생자에 대해 모른다는 말은 모순을 담고 있다. 누군가를 죽이면 그에 대해 저절로 알게 되는 법이니까.

　누군가를 죽인다는 건 누군가를 알기 위한 가장 성서적인 방법이라고 할 수 있다. 죽임당하는 자는 죽이는 자에게 자기 자신을 바친다. 그리하여 살인자는 피살자의 가장 내밀한 면을 알게 된다. 즉 그의 죽음을.

"그게 뭐 그리 힘든 일이라는 거야? 장관이라고 못 죽일까봐? 벌써 죽여본 적 있는데 뭘 그래. 그리고 난 말이야, 고객의 직업엔 털끝만큼도 관심 없어. 장관이라고 하면 누가 겁먹을까봐? 그럼 당신은, 당신은 장관이라고 하면 겁나?' 나는 임무를 맡길까 말까 고민하는 유리에게 마구 따지고 들었다.

"누가 겁난대. 가족까지 몰살해야 하니까 그러지."

"잘됐네. 난 '가족'이라는 말만 들어도 몸서리가 나. 열세 살 때, 그러니까 내가 막 사춘기에 접어들었을 때지. 일요일 점심 식탁에서 큰어머니란 사람이 싫다는 애한테 억지로 비디오카메라를 들이대지 뭐야. 정말 죽고 싶더군. 그때 내가 권총을 갖고 있었다면 큰일났을걸? 내가 완두콩을 곁들인

제비 일기 61

양고기 넓적다리 구이에다 총알을 발사하진 않았을 테니까."

"내 말은, 장관의 자식들까지 다 죽여야 한다는 거야."

"쳇, 애들이 있다고? 나는 애들이라면 질색이야. 못됐고 멍청하고 저밖에 모르는 데다 노상 시끄럽게 떠들어대니까. 게다가 장관을 아비로 뒀다고? 완전히 인간쓰레기들이겠군. 한시라도 빨리 싹 쓸어버리고 싶은걸."

"그 마누라는 꽤 예쁘장해." 유리가 내게 사진을 내밀며 말했다.

"그러면 뭐해. 내가 좋아하는 타입이 아닌걸. 어쨌든 기분 전환은 확실히 되겠군. 날씬한 여자 한 번 죽여보는 게 소원이었는데."

"위르뱅, 당신은 우리 팀원들 중에서도 최고로 악질이야." 유리가 경탄 어린 목소리로 말했다.

"다섯 명을 해치우면 보수도 5인분을 받는 거야?"

"응. 그런데 조건이 하나 있어. 명심해둬. 장관의 서류가방을 가져오지 않으면 5인분은 고사하고 단 한 푼도 받지 못한다는 거. 그게 이번 임무수행의 핵심이야. 자, 장관과 세 아이들의 사진."

"애들의 사진은 봐서 뭐 해?"

"얼굴을 기억했다가 제대로 죽이라고. 혹시 알아? 제 친구를 데려온 녀석이 있을지."

 "그럼 친구 녀석은 살려줘?"

 "물론 죽여야지."

 "그럼 뭐 하러 사진을 봐?"

 "한 명도 빠뜨리지 말고 다 죽여야 하니까! 애들을 셋 죽였다 해도 그 중에 장관의 자식이 아닌 애가 있을 수도 있지 않겠느냔 말이야."

 "그럼 제대로 봐둬야겠군. 일단 머리통을 박살내고 난 뒤엔 생김새를 알아보기가 힘드니까."

 "총을 좀 높이 겨눠서 양쪽 관자놀이에 한 방씩 쏘면 머리통을 박살내지 않고 확실하게 죽일 수 있어."

 "동작이 너무 느려지잖아? 한 손으로 두 발을 같은 높이로 쏘려면."

 "아니, 번개같이 해치울 수 있어. 양손잡이라면."

 "난 아닌데 어떡하지?"

 "되도록 해. 훈련을 하라고. 되풀이해서 안 되는 일은 없으니까."

 "오로지 고객의 얼굴을 망가뜨리지 않으려는 일념으로 엄청난 시간과 노력을 투자하라고?"

"까다로운 임무가 얼마나 많은데. 이번 건은 까다로운 축에 들지도 못해."

"젠장맞을! 게다가 촌구석으로 내려가기까지 해야 하잖아!"

"잘된 거 아냐? 하인들을 죽일 필요가 없으니까. 그치들, 시골 별장에 내려가서는 손수 밥을 끓여 드시나 보더라고."

"난 말이야, 종놈들 몇 명 더 죽이는 게 훨씬 나아. 촌구석으로 꾸역꾸역 내려가는 것보단!"

"그런 말 마. 오월의 시골풍경이 얼마나 아름다운데. 게다가 이웃도 없이 한갓지게 살고 있는 모양이니, 얼마나 일하기 편하겠어."

나는 지도를 펼쳐들고 목적지로 가는 길을 살펴보았다. 오토바이를 전속력으로 몰아가면 아마 두 시간쯤 걸릴 듯했다.

나는 사진을 한 장씩 한 장씩 다시 들여다보았다. 장관은 짐짓 사람 좋은 척하는 표정을 짓고 있었다. 정말 꼴불견이었다. 첫째아이는 딸이었는데 한 열여섯 살쯤 되어 보였다. 밑으로 아들 둘은 어림잡아 열 살하고 다섯 살쯤 먹은 듯했다. 아이들끼리 터울이 많이도 지게 해놓았구나 싶었다. 왠지 '가족계획'의 냄새가 풍겼다. 어쨌든 장관 내외는 자식들 셋을 한날 한시에 결혼시키는 일은 없으리라.

그때까지 나는 고객들을 한밤중에 제거해왔다. 하지만 이번엔 아침에 일을 보는 게 수월하리란 생각이 들었다. 나는 새벽 여섯 시, 그러니까 막 동이 틀 무렵에 파리를 뜨기로 했다. 그러면 늦어도 아홉 시 전까지는 그 촌구석에 도착할 것이고 장관네 식솔들은 아직 일요일 아침의 단잠에 빠져 있을 테니까. 그들 앞에는 따끈따끈한 크루아상 대신 이 몸께서 짠! 하고 나타나시리라.

나는 시계의 알람을 기상시간에 맞춰놓은 후 곧장 잠들었다. 근면하고 성실한 노동자답게.

새벽 네 시. 나는 도저히 더 잘 수가 없었다. 전날 저녁식사를 너무 알차게 챙겨먹은 데다 너무 일찍 잠자리에 든 탓이었으리라. 온몸에 기운이 펄펄 넘쳤다. 멀리멀리 달려 나가고 싶어 좀이 쑤셨다.

길은 온통 내 것이었다. 해 뜨는 시골길은 참말이지 아름다웠다. 나는 그때 처음 보았다. 흙길에서 아지랑이가 모락

모락 피어오르는 광경을. 머릿속 주크박스에서는 라디오헤드의 '모든 것이 제자리에Everything In Its Right Place'가 되풀이해 흘러나오고 있었다.

감격에 겨워 있었다고까지 말할 순 없어도 나는 예사롭잖게 들떠 있었다. 아침 분위기도 거기에 한몫했다. 공기 중에는 순결한 기운이 감돌며 결코 끝나지 않을 위험을 예고하고 있었다.

장관네 집에 발을 들여놓는 순간, 나는 난생 처음으로 '스위트홈'이라는 게 뭔지 실감할 수 있었다. 고향집에 온 듯 몸과 마음이 순식간에 푸근해지는 그 기분이라니. 고즈넉한 분위기 때문이었을까? 낡고 소박한 벽 때문이었을까? 아니면 시골 냄새 물씬 나는 앞마당 때문이었을까? 나는 일만 아니라면 평생 거기 눌러앉고 싶었다.

부엌으로 통하는 쪽문이 열려 있었다. 시골에선 그렇게 문들을 열어놓고 산다. 부엌에 들어선 나는 냉장고 문부터 열어보았다. 젠장, 전원생활이라고 할 때 가장 먼저 떠오르는 목장우유 같은 건 들어 있지 않고 온통 '제로 칼로리'라는 딱지가 붙은 음식 나부랭이만 그득했다. 나는 진저리를 치며 적포도주만 병째 몇 모금 벌컥벌컥 들이켜고 말았다.

나는 까치발로 나무 계단을 살금살금 올라갔다. 장관네

식솔들이 얼마나 끔찍한 먹을거리를 재두고 사는지 봐둬서 천만다행이었다. 안 그랬으면 그런 멋진 집에 산다는 이유만으로 그 족속들에게 정을 느낄 뻔했으니까.

나는 가장 먼저 눈에 띄는 방 안으로 들어섰다. 사내아이들 둘이 세상모른 채 잠들어 있었다. 따라서 일이 한결 수월했다.

그 옆방으로 들어선 나는 심사가 좀 뒤틀렸다. 커다란 침대 위에 장관의 사모님만 덩그러니 잠들어 있었던 것이다. 나는 그 아주머니를 제거하면서 바깥양반 되는 이가 어디에 있을지 머리를 굴려보았다. 침대가 흐트러져 있는 것으로 보아 막 일어나 어디론가 간 모양이었다. 장관은 없었지만 장관의 서류가방은 방 한 구석에 얌전히 놓여 있었다.

'조깅이라도 하러 간 모양이지? 돌아오는 대로 없애버려야지.' 그러기 전에 나는 일단 딸내미부터 해치우기로 했다. 복도 끝 방은 당연히 그 딸내미의 방이었다. 하지만 그 방의 침대 역시 흐트러진 채 텅 비어 있었다.

'아빠랑 같이 조깅하러 갔나?' 틀림없었다. 냉장고를 가득 채우고 있는 '제로 칼로리'들을 보면. '좌우지간 요즘 십대 여자애들은 살 빼는 일에 목을 맨다니까.'

나는 방 안을 둘러보았다. 내 아무리 살인청부업자라지만

제비 일기 67

처녀의 방에 들어와 있자니 호기심이 뭉게뭉게 피어오르지 않을 수 없었다. 하지만 보이는 것들로는 그 아가씨에 대해 아무것도 알 수 없었다. 벽에는 사진 한 장 포스터 한 점도 붙어 있지 않았다. 나는 사진으로 보았던 얼굴을 떠올렸다. 별로 눈에 띄지 않을, 그저 갈색머리의 가냘프고 얌전하게 생긴 여자애였다.

그때만큼은 내가 냉혈한인 게 다행이었다. 채 꽃피지 못하고 스러져 갈 젊음을 생각하면 누구라도 마음이 흔들렸을 테니까.

문득 머리 위에서 발걸음 소리가 들려왔다. 계단을 올라가보니 웬 문이 빠끔히 열려 있었다. 그 틈새로 나는 보이지 않는 눈동자가 되어 믿기지 않는 광경을 지켜보았다.

그곳은 욕실이었다. 거품 가득한 욕조 속에 장관이 벌거숭이로 들어앉아 두 팔을 치켜들고 있었다. 두 눈은 겁에 질려 있었는데, 이유인즉 딸내미가 그를 향해 총을 겨누고 있기 때문이었다.

"어디다 감췄어?" 딸내미가 원망 서린 목소리로 그에게 따져 물었다.

"제발 부탁이니, 애야, 장난은 이쯤에서 그만두렴. 곧 돌려준다지 않니."

장관은 시사토론에 참여했을 때와 똑같은 목소리로 말하고 있었다.

"누가 돌려달라고 했어? 어디다 놔뒀는지 그것만 말해. 내가 직접 찾으러 갈 테니."

"침실에 있어. 엄마가 아직 자고 있으니 들어가지 마. 그러다 엄마가 깨기라도 하면 어쩌니."

"침실 어디에 놔뒀지?"

"그러니까 그게, 나도 잘 모르겠구나."

"기억을 빨리 되찾는 게 좋을 거야. 그러지 않으면 내 총에 맞아죽게 될 테니 명심해."

"미쳤구나. 그 총은 도대체 어디서 구했니?"

"국회의사당 정문 경비한테서 슬쩍한 거야."

"넌 중대한 범죄를 저질렀다. 만 열여덟 살을 넘겼으니 법의 보호를 받을 수 없어."

"범죄를 저지른 건 당신이야."

"말도 안 돼. 지구상 어느 나라의 어떤 법도……."

"남의 일기장을 훔쳐가는 건 범죄 중에서도 가장 비열한 범죄야."

"정말 미안하구나. 네가 워낙 비밀이 많은 애다 보니, 일기라도 봐서 뭔가 좀 알아내고 싶지 뭐니. 이제부턴 절대로 그러지 않으마. 앞으로 대화를 많이 하자꾸나, 이 아빠랑."

"일기장을 어디다 감췄는지 말하지 않으면 이게 우리의 첫 대화이자 마지막 대화가 될 거야."

'여자애 덕분에 완전범죄를 저지를 수 있겠는걸? 나랑 똑같은 총을 갖고 있잖아. 경찰은 나머지 식구들도 모조리 저 애가 죽였다고 하겠지. 물론 그러려면 저 애가 제 아비를 죽여야 하겠지만.' 나는 이런 생각을 하며 숨을 죽였다. 저 애가 아빠를 죽일까? 안 죽일까? 날이면 날마다 '살인녀'를 꿈꿔 왔던 나로서는 입이 헤벌어지게 기분 좋은 순간이었다. 총을 겨누고 있어서였을까? 장관의 딸내미는 사진 속에서 보다 훨씬 예뻐 보였다.

"애야, 제발 그 일기장을 내가 가져오도록 해주렴. 어디다 놔뒀는지 기억이 나지 않아서 말인데……."

"그러니까 내 일기장을 아무 데나 팽개쳐놨단 말이지? 이거 정말 심각한걸."

"난 네 아빠야. 아빠를 죽이는 딸이 어디 있다든?"

"그런 걸 '존속 살해'라고 해. 실제로 일어나는 일이니까 이름이 붙었지."

"일기장 때문에 아빠를 죽인다고!"

"남의 일기장을 욕보이는 일에는 이름이 붙어 있지 않아.

그만큼 더 심각한 범죄란 얘기지. 이름조차 갖다 붙일 수 없을 만큼."

"게다가 네 일기장엔 남이 읽으면 안 되는 내용이 들어있지도 않던걸."

"뭐야! 내 일기를 읽었다 이거야?"

"당연하지. 그럴 게 아니었으면 뭐 하러 가져갔겠니?"

도가 지나쳤다. 장관의 딸내미는 끝내 방아쇠를 당기고 말았다. 장관은, 입을 딱 벌린 채 물 속으로 스르르 미끄러져 들어갔다. 시체가 되어.

살인자 아가씨는 꼼짝 않고 서서 아버지의 시체를 바라보았다. 이제 막 첫 작품을 창조해낸 예술가처럼 강렬한 눈빛으로. 욕조의 뽀얀 거품에 붉은 피가 섞여들고 있었다.

나는 그 애를 쥐도 새도 모르게 해치울 수 있었다. 하지만 나는 그렇게 하지 않았다. 그 여자애가 나를 바라봐주기만 한다면 더 바랄 게 없을 것 같았다. 그리하여 그 커다란 두 눈동자가 나를 응시하는 순간, 나는 유리에게서 들은 대로 총을 발사했다. 총구를 살짝 위로 향한 채 양쪽 관자놀이에 한 방씩.

그 아가씨는 속눈썹 하나 까딱하지 않았다.

이윽고 나는 장관 내외의 침실로 가서 서류가방을 챙겨든 다음 그 집을 떠났다.

돌아오는 길에 나는 오토바이를 한 번 멈춰 세워야 했다. 도저히 더 참을 수가 없었던 것이다. 나는 수풀 뒤에 몸을 감추고 급한 불부터 껐다. 하지만…… 희한하게도 기대만큼 짜릿한 쾌감을 느낄 수 없었다.

다시 오토바이를 전속력으로 몰아가면서 나는 실망감을 곱씹어야 했다. '왜 고작 거기까지밖에 못 올랐을까? 이제까지 그 방면에서는 말 그대로 백발백중이었는데. 못난이들만 고객으로 맞았는데도 말이야. 간만에 예쁜이를 상대했는데 결과가 이게 뭐냐고. 거 참 희한하네. 더군다나 너무나 흥분해서 참을 수도 없는 상태였잖아.'

확실히 수음은 정밀과학에 속하지 않는 분야였다.

집으로 돌아온 나는 침대에 누워 다시 시도해보았다. 내 방에서라면 안심하고 오르가슴을 느낄 수 있을 것 같았던 것이다. 나는 머릿속으로 '필름'을 되감기 시작했다. 세상 모른 채 잠들어 있던 사내아이들. 커다란 침대에 혼자 덩그러니 누워 있던 장관 부인. 거품 가득한 욕조, 벌거벗은 장관. 총을 겨누고 있는 여자애. 직접적인 효과를 발휘하진 못했지만 아주 효과가 없는 건 아니었다. 하지만 이번에도 시작은 장대했으나 끝은 미미했다.

나는 진저리를 치며 생각에 잠겼다. '혹시 내가 변태인 건 아닐까? 중년 아줌마나 양복쟁이들을 상대해야 제대로 즐길 수 있는 변태.'

홧김에 나는 서류가방을 홱 열어젖혔다. '대체 뭐 얼마나 중요한 게 들어 있는 거야? 쳐다보기만 해도 지긋지긋한 서류뭉치들 사이에 일기장이 끼어 있었다. 그러니까 장관이라는 도둑놈은 제 서류가방에다 딸의 일기장을 숨겨놓고 있었다.

일기장 속을 슬쩍 들여다보니, 하얀 종이를 푸르게 물들이고 있는 가녀린 글씨체가 눈에 들어왔다. 나는 제풀에 부끄러워져서 얼른 일기장을 덮었다. 청부살인업에 뛰어들고 나서 처음으로 선악이 무엇인지 온몸으로 느낄 수 있었다.

물론 단 한 순간도 그 여자애를 살려주자고 생각한 적은 없었다. '계약은 계약이다', 즉 일단 계약을 하면 그 계약을 반드시 지켜야 한다는 건 살인청부업자로서 그 누구보다 잘 알고 있었으니까. 하지만 그 애의 일기장을 훔쳐보는 것은 도저히 용서받을 수 없는 범죄라는 생각이 번개처럼 머리를 스치고 지나갔다.

'오로지 그런 짓을 저질렀다는 이유만으로 그 풋내기 살인녀는 제 아버지를 죽이기까지 했잖아. 내가 그 애였더라도 그렇게 했을 거야. 읽지 말라는 일기를 읽은 것도 문제지만 말본새가 그게 뭐냔 말이야. 제 딸을 앞에 두고 선거 연설하는 것도 아니고. 게다가 노획물을 감췄으면 어디다 감췄는지 잽싸게 털어놓을 일이지 뭐 하러 그런 걸 가지고 뜸을 들였을까? 딸내미를 일부러 약올리려고?

십중팔구 장관은 일기장을 어디다 감췄는지 기억하고 있었을 것이다. 하지만 그렇게 모르쇠 작전으로 밀고 나간 건 서류가방 속에 들어 있던 다른 문건들이 절대로 공개되면 안 되는 것이기 때문이었으리라. 심지어 자기 딸에게조차도 말이다.

요컨대 극비 문건들이란 얘기인데, 내가 보기에는 끔찍할 정도로 지루하기만 한 것들이었다. 정치판에서 뒹구는 인간들은 과대망상에 빠져 있다. 즉 자기네들이 벌이는 조잡한 짓거리에 사람들이 엄청난 관심을 보일 것이라는 과대망상에.

서류가방에 들어 있던 것들 중에 눈길을 확 잡아끄는 건 그 일기장밖에 없었다. 장관더러 제 딸의 일기장이나 훔쳐보는 놈이라고 욕을 하면서도 나 역시 그 일기장을 읽어보고 싶어 안달하고 있었으니! 스무 살도 안 된 여자애의 사생활 따위가 뭐 그리 흥미진진하겠느냐고, 일기 같은 걸 쓰고 있는 것만 봐도 얼마나 유치한 앤지 알 수 있지 않느냐고 속으로 아무리 되뇌어 봐도 소용없었다. 그저 그 일기를 읽고 싶어 죽을 지경이었다.

나는 그 터무니없는 욕구에 저항하기로 마음먹었다. 마침 배가 고파서 다행이었다. 살인이라는 건 사람을 죽도록 허기지게 한다. 나는 임무수행을 마칠 때마다 그 사실을 확인할 수 있었다. 게다가 한바탕 혼자만의 성적 유희를 벌이고 나면 배는 한층 더 맹렬하게 고파오기 마련이었다. 그래서 나는 임무를 수행하러 가기 전에 미리 냉장고를 먹을거리들로 꽉꽉 채워놓았다.

이번에는 사람을 다섯 명이나 죽인 터라 허기가 한층 더 심했다. 참, 네 명이었지. 어쨌든 나는 돌덩이라도 집어삼키고 싶을 만큼 배가 고팠다. 열심히 일한 후에 맛보는 식사, 그건 언제나 행복 그 자체였다. 밥값을 제대로 치르고 먹는 것이었으니까. 마음 편히 아귀아귀 먹어댈 수 있었다. 땀 흘려, 아니 총알 날려 번 돈으로 산 음식이었으므로.

그렇다고 해서 아무것에나 다 구미가 동하는 건 아니었다. 어렸을 때 나는 큰아버지와 함께 텔레비전에서 방영해

주는 경찰 수사극을 보곤 했다. 총격전이 벌어지기 시작하면 큰아버지는 늘 이렇게 말씀하셨다. "이제 곧 싸늘한 고깃덩어리들이 길가에 널브러지겠군." 그 말씀이 기억에 남아 있어서였을까? 나는 살인을 하고 나면 늘 차게 식은 고기가 먹고 싶어졌다.

그것도 소시지나 햄이나 타르타르스테이크(날고기를 잘게 다져 갖은 양념을 한 후 스테이크 모양으로 접시에 얹어 내는 음식 : 옮긴이)처럼 원래부터 차게 먹을 수 있는 고기 말고 일단 구웠다 식힌 고기여야 했다. 손수 해먹을 수도 있었지만 나는 그런 일로 골머리를 썩이고 싶지 않았다. 그래서 미리 만들어 놓은 로스트비프나 통닭구이를 사서 냉장고에 넣어두었다. 사실 내가 만들면 맛도 없었다. 왠지는 모르겠지만.

언젠가 기자를 한 명 해치운 날, 시험 삼아 로스트비프를 따끈하게 데워서 먹어본 적이 있었다. 아무것도 느낄 수 없었다. 고기는 따끈따끈할 때 먹으면 그냥 음식일 뿐이다. 싸늘하게 식혀 먹어야 제대로 '몸 맛'을 낸다.

분명히 '몸'이라고 했다. '살'이 아니라. 나는 살이라는 말도 살이라는 것 자체도 싫다. 살은 물컹하고 기름진 덩어리이며 느끼한 중년 아저씨이자 말 많은 중년 아줌마다. 하지만 몸은 강렬하고 순수한 단어이며 다부지고 원기 왕성한 현실이다.

나는 냉장고에서 통닭구이를 꺼냈다. 별로 살집이 없는 영계였다. 사지를 잔뜩 웅크린 채 드러누운 어린 닭의 시체였다. 정말이지 탁월한 선택이었다.

통닭구이에서 내가 가장 맛나게 먹는 부분은 뼈다귀였다. 나는 뼈를 맛보겠다는 일념만으로 살점을 악착같이 발라먹었다. 마침내 뼈에 이를 박아 넣는 순간, 우지직하는 소리와 함께 혀끝에 감도는 그 매콤짭짤한 맛이라니. 제아무리 단단한 뼈도 내 이의 맹렬한 공격에는 맥을 추지 못했다. 나는 억세게 버티는 연골조직과 까탈을 부리는 빗장뼈와 너무나 앙상해서 오히려 씹을 맛도 나지 않는 갈빗대를 차례로 공략해나갔다. 비장의 무기, 그건 바로 엄청난 폭력성이었다.

나는 뼈다귀를 하나도 남김없이 꼭꼭 잘 씹어 삼킨 다음 적포도주를 몇 모금 벌컥벌컥 들이켰다. 몸과 피. 제대로 된 식사였다. 이윽고 나는 침대에 벌렁 나자빠졌다. 포만감에 겨워.

마음이 일렁이고 있을 때는 절대로 많이 먹지 말아야 한다. 낭만적인 현기증과 염세적인 충동과 서정적인 절망에 시달리게 되니까. 마음속에서 '엘레지'가 울려 퍼진다 싶으면 바로 절식해야 한다. 정신을 엄격하고 건조한 상태로 유지하기 위해서. 괴테는 『젊은 베르테르의 슬픔』을 쓰기 전에 소시지와 양배추 절임을 과연 몇 접시나 해치웠을까?

소크라테스 이전의 철학자들은 하루에 무화과 두 개와 올리브 세 알만 먹으며 단순하고도 아름다운 사상을 전파했다. 그들의 생각에 있어서 감상적인 구석은 조금도 없었다. 눈물이 철철 흘러넘치는 소설 『신新 엘로이즈』를 쓴 루소는 '아주 가볍게, 즉 질 좋은 유제품과 독일식 과자만 조금씩' 먹었다고 한다. 그런 유익한 말씀을 하신 것만 봐도 우리의 장자크 씨가 얼마나 허세 덩어리였는지 알 수 있다.

한바탕 게걸스레 먹고 마신 나는 짧았던 시골 여행을 다시 한 번 떠올려 보았다. 그 여행으로 장관네 식구가, 그 후의 저녁식사로 인해 닭고기가 흔적도 없이 사라져버렸다. 남은 건 없었다. 아무것도.

물론 아침의 임무수행으로 남은 게 있긴 했다. 바로 다섯 식구의 시체였다. 청부살인업에 뛰어든 후 처음으로 나는 그 시체들이 언제 어떤 식으로 발견될지 생각해보았다. 여느 땐 그런 데 아무 관심도 없었는데.

장관의 딸은 그때, 그러니까 총에 맞아 쓰러진 후에도 죽은 것 같지 않았다. 몸이 좀 뻣뻣해 보이고 양쪽 관자놀이에 붉은 구멍이 나 있었을 뿐. 그 애는 무릎을 꺾으며 뒤로 쓰러졌다. 파자마에 핏방울도 튀지 않았다.

'왜 자꾸 그 애가 떠오르지?' 어느 때는 임무를 수행한 후 특별한 볼일까지 다 보고 나면 희생자에 대해서는 두 번 다시 생각도 하지 않던 나였다. 심지어 임무를 수행하는 중이거나 특별한 볼일을 보는 중에도 나는 어떻게 하면 보다 효율적이고도 멋진 동작으로 도구를 잘 활용해서 임무를 수행하고 볼일을 볼까 하는 데 더 신경을 써왔다. 고객들은 내 충동에 불을 붙이는 불쏘시개에 지나지 않았다. 그런데 뭐하러 내가 그들에게 관심을 갖겠는가? 임무를 수행하고 나서 내가 그들에 대해 기억할 수 있는 건 죽음의 순간에 그들이 지어보인 표정뿐이었다.

그 방면에 있어서도 장관의 딸은 남달랐다. 그 애는 여느 희생자들처럼 차마 믿을 수 없다는 듯 공포에 질린 표정을 짓지 않았다. 오히려 이제 어떤 일이 일어날까? 라고 묻는 듯 호기심 어린 얼굴이었다. 피할 수 없는 일이라는 것을 잘 알고 있었던 것처럼. 눈동자엔 두려워하는 기색이 조금도 없었다. 생기발랄한 기운만 넘치고 있었을 뿐.

하긴 막 살인을 저지른 참이었으니까. 그때 사람이 얼마나 원기 왕성해지는지 나는 누구보다 잘 알고 있다. 게다가 그 애는 다른 사람도 아니고 제 아버지를 죽이지 않았던가. 나는 그럴 기회가 없었다. 내 아버지는 비행기 폭발 사고로 완전히 공중 분해되어버렸으니까. 내가 열두 살 때의 일이었다.

나는 침대에 드러누운 채 일기장에 손을 뻗쳤다. 내가 해야 할 일은 그 일기장을 불태워 없애는 것이었다. 더 이상 아무도 그것을 읽지 못하도록. 그것이야말로 그 여자애가 바라고 또 바랐을 일이었다. 제 딸의 사생활을 마구잡이로 들쑤신 장관은 참으로 파렴치한 자였다. 나는 절대로 그런 짓거리를 따라 해서는 안 되었다.

갑자기 내 안에서 심술궂은 목소리가 속삭이기 시작했다. '넌 그 애 아빠가 아니니까 그렇게 해도 별 문제 될 게 없어. 게다가 그 여자앤 아무것도 모르는 시체로 변해버렸잖아. 괜히 우물쭈물하다 나중에 후회하지 말라고.' 내 양심은 그 음흉한 목소리에 맞섰다. 그 여자애가 이 세상 사람이 아니니까, 그래서 제 자신을 보호할 수 없으니까 더더욱 그 애의 뜻을 존중해줘야 한다고.

그러자 심술궂은 목소리는 횡설수설 떠들어댔다. '네가 손장난하면서 왜 제대로 즐길 수 없는지 알아? 그 계집애한테 사로잡혀 있기 때문이야. 그 앨 철두철미하게 짓밟아서 자유로워져봐. 일기를 읽으면서 알고 싶은 걸 모조리 알아내라고. 안 그러면 그 계집애는 너한테 신화 속 여주인공 같은 존재가 되어 두고두고 네 골머리를 아프게 할걸?

마지막 말이 결정타였다. 나는 욕구를 채우기 위해 허겁지겁 일기장에 덤벼들었다.

그리고 단숨에 읽어치웠다. 그러고 나니 어느새 캄캄한 밤이 되어 있었다. 내가 뭘 느꼈는지는 나 자신도 알 수 없었다. 확실하게 감지할 수 있었던 건 죄책감뿐이었다. 나는 자유로워져 있지 않았다. 그저 그 애에 대해 더 많은 것을 더 깊이 있게 알고 싶을 뿐이었다. 내가 일기 속에서 읽어내기를 바랐던 건 속내 이야기를 잘 하고 툭하면 뭔가를 고백하는 바보스런 소녀의 모습이었다. 그래야 별 볼일 없는 애를 죽였다는 생각이 들 테니까.

하지만 그런 내용은 단 한 줄도 들어 있지 않았다. '실마리'가 될 만한 내용이 하나도 들어 있지 않다는 점, 그게 그 일기의 가장 놀라운 점이었다. 일기를 처음부터 끝까지 다 읽었는데도 죽은 여자애의 이름조차 알 수 없었다. 연애니 우정이니 다툼 따위에 대한 이야기는 눈을 씻고 찾아봐도 없었다. 속내가 가장 많이 드러나는 일기는 올해 이월로 날

짜가 표시되어 있었다.

'지은 지 오래된 데다 넓기만 해서 휑뎅그렁한 이 아파트는 난방이 잘 되지 않는다. 나는 쩔쩔 끓는 물로 목욕을 하고 옷을 몇 겹으로 껴입은 다음 담요를 둘러쓴 채 침대에 엎드려 있다. 그래도 추워서 죽을 것 같다. 일기를 쓰려고 손을 담요 밖으로 내놓는 것조차도 끔찍한 고통이다. 나는 살아 있는 것 같지 않다. 벌써 몇 주째.'

여간해선 감정의 동요를 느끼지 않는 나였지만 이 대목을 보는 순간 소름이 오소소 돋았다. 곧이어 마음이 옥죄어왔다. 그 부잣집 딸내미는—복에 겨워 징징 짠다는 비웃음을 살 수도 있었겠지만—비참하다는 것이 어떤 것인지 생생하게 보여주고 있었다. 어떤 열기로도 몸이 따뜻하게 데워지지 않을 때 사람이 얼마나 뼈저리게 비참하다고 느끼는지.

그 애에 대해 내가 말할 수 있는 건 단 하나, 조심스럽기 그지없는 여자애라는 것이다. 그래서 그 애의 일기를 읽으며 나는 적잖이 당황스러웠다. 누가 엿보고 있다고 생각하는 거야 뭐야? 만약 그렇게 생각했다면 잘못 짚은 건 아니었다. 이제까지 일어난 일들로 봐서. '누가 일기를 후려 갈 거라는 것을 알고 있었나? 그래서 이렇게 쓸 말을 하나도 쓰지 않은 건가? 일기란 모름지기 속내를 털어놓기 위해 쓰는 건

데 쓸 말을 쓰지 않으면 그런 걸 일기라고 할 수 있나?

나는 뭐가 뭔지 갈피를 잡을 수 없었다. 아마 그 애처럼 젊은 아가씨가 아니었기 때문이리라. 나는 언제나 여자들을 잘 알고 있다고, 아줌마들이란 하나같이 경멸을 불러일으키는 존재라고 생각해왔다. 하지만 아가씨들의 경우엔 사정이 다르다. 물론 대부분의 아가씨들은 그네들의 언니뻘 되는 아줌마들과 마찬가지로 신비스런 구석이라곤 털끝만큼도 없는, 그저 멍청한 존재들이다. 하지만 그와 달리 오묘하기 그지없는 성품을 지닌 채 말 없이 살아가는 아가씨들이 있다. 내 손에 제거된 장관의 딸도 그 중 하나였다.

전화벨이 울렸다. 유리였다.

"왜 전화 안 했어?"

"깜빡했어."

"임무는 잘 수행했어?"

"백발백중. 두말하면 잔소리지."

"서류가방은?"

"지금 내 옆에 있어."

"정말이지 왜 전화를 안 했는지 모르겠군." 유리가 얼음장 같은 목소리로 되풀이했다.

"사람을 다섯이나 잡고 보니 피곤해서 견딜 수가 있어야지. 나도 모르게 깜빡 잠이 들었지 뭐야."

"두 번 다시 그러지 마. 우리를 실망시키지 말라고."

'우리'라는 말을 쓰는 것으로 보아 사태가 심각하긴 심각한 모양이었다.

"자, 이제 그 서류가방을 이리로 가져와."

"지금 이 시간에? 그것도 일요일인데?"

"이거 놀랄 '노' 잔데, 위르뱅. 당신이 무슨 노조원이라도 되는 줄 알아?"

"갈게."

유리의 말이 옳았다. 계속 그런 식으로 하다간 유급 휴가까지 내달라고 조르게 될지도 몰랐다.

잠시잠깐, 일기장을 다시 서류들 틈새에 끼워 넣을까 하는 생각이 들었다. 어쨌든 내가 서류가방을 발견했을 때 일기는 그 안에 들어 있었으니까. 마음이 오락가락했다. 그 일기장은 이미 나만의 보물이 되어버렸으므로. '보스가 뭐 하러 알지도 못하는 여자애, 그것도 내가 이미 죽여버린 여자애의 일기 나부랭이를 보려 들겠어?'

나는 오토바이를 타고 파리를 가로질렀다. 엔진이 자꾸만 툴툴거렸다. 그럴 수밖에. 유리는 묘한 표정으로 나를 빤히 쳐다보더니 서류가방을 내 손에서 낚아챘다. 곧장 발길을 돌리려는데 유리가 내 어깨를 잡았다.

"미쳤어?"
"또 왜?"
"돈 받아!"
유리가 돈 봉투를 내밀었다.
"세어봐."

나는 밤새 잠을 설쳤다. 그리고 아침에 이상한 소리를 들으며 깨어났다. 눈을 뜨자 제비 한 마리가 열린 창문 틈으로 들어와 방 한 구석에서 뱅뱅 맴돌고 있는 게 보였다. 녀석은 자꾸만 벽에 부딪혔고 그때마다 미친 듯 기를 쓰며 파닥거렸다.

나는 튕기듯 일어나 창문을 활짝 열어젖혔다. 하지만 세상에 난 지 얼마 되지 않은 새끼 제비는 창문이 열려 있는데도 나갈 생각을 하지 않았다. 겁에 질린 채 주위만 두리번거리다 기어이 텔레비전과 벽 사이의 좁다란 틈새로 숨어들고 말았다. 그때부터 녀석은 꼼짝도 하지 않았다. 방 안은 쥐

죽은 듯 고요했다.

나는 벽에 눈을 바짝 들이댄 채 녀석을 지켜보았다. 녀석의 몸뚱이는 너무나 작고 가냘파서 깃털 다섯 개로만 덮여 있는 듯했다. 나는 녀석을 향해 손을 뻗쳤다. 하지만 살인자의 두텁고 뭉툭한 손으로는 도저히 녀석을 붙잡을 수 없었다. 벽돌로 어설프게 괴어놓은 텔레비전을 옮길 수도 없었다. '어떻게 녀석을 밖으로 내보낸담?

나는 부엌에서 꼬치용 쇠꼬챙이를 하나 집어와 녀석의 은신처로 들이밀었다.

녀석은 꼬챙이를 피해 점점 더 깊숙이 숨어들었다. 그 순간 내 심장이 얼마나 거세게 쿵쾅대던지. 늑골이 다 뻐근할 지경이었다.

나는 뜻밖의 사태에 얼이 빠진 채 소파에 털썩 주저앉았다. '왜 녀석은 내가 잘 켜지도 않는 텔레비전 뒤에 숨었을까? 왜 녀석은 나오지 않고 버틸까? 무엇보다 왜 이렇게 겁이 날까?' 정말이지 이해할 수 없었다.

기다리다 지친 나는 먼지 낀 텔레비전의 전원 스위치를 눌렀다. 잿빛 화면에 깨끗하지 못한 영상이 뜨면서 사람들의 목소리와 생뚱맞은 음악이 흘러나오기 시작했다.

이윽고 뉴스 시간이 되자 장관과 그 일가족이 시골 별장에서 몰살당했다는 소식이 가장 먼저 흘러나왔다. 내가 그 뉴스의 주인공이었다. 하지만 내가 누구인지 아무도 모르고 있었다. 나는 기자의 입에서 희생자들의 이름이 흘러나오기를 기다렸다. 안타깝게도 그런 일은 일어나지 않았다. 그들은 이미 신원 없는 존재가 되어 있었다.

나는 영리하게도 현장에서 장관의 딸이 썼던 권총을 주워 왔다. 그 결과, 기자들은 정체불명의 살인범 운운하며 떠들어대고 있었다. 특종에 눈이 벌게진 인간들. 나는 코웃음을 쳤다.

이어서 아나운서는 실업 관련 뉴스를 전했다. 나는 텔레비전을 껐다.

텔레비전 뒤를 살펴보니, 새끼 제비는 죽어 있었다. 시체가 되어 마룻바닥에 널브러져 있었다.

나는 녀석을 주워들었다. 내 심장은 또다시 흉곽을 뚫을 듯 거세게 두방망이질 쳐댔다. 조종弔鐘을 울리듯. 고통스러웠다. 하지만 나는 차마 새를 손에서 내려놓을 수 없었다.

나는 녀석의 얼굴을 들여다보았다. 녀석은 두 눈을 휘둥그레 뜨고 있었다. 내 총에 맞아 쓰러진 장관의 딸처럼. '왜 녀석이 내게 텔레비전을 켜라고 한 것만 같은 생각이 들까? 왜 살인에 관한 뉴스가 녀석을 죽였다는 생각이 들까? 화면에는 장관의 시골 별장만 비춰졌을 뿐인데.' 나는 알고 있었다. 그것만으로도 녀석을 죽음으로 몰아갈 수 있었다는 것을.

나는 죽은 새끼 제비를 꼭 품어 안았다. 웃통을 벗은 채 맨 가슴에 녀석의 몸뚱이를 갖다 댔다. 내 소망이 얼마나 부질없는 것인지, 하지만 마구 두방망이질 쳐대는 내 심장이 녀석에게 생명을 불어넣어주기를, 그 거센 박동이 그 여린 몸뚱이에 전해지기를, 또 그 몸을 통해 또 하나의 가녀린 몸이 다시 숨쉬기를…… 제비야, 미처 알지 못했구나. 그게 너라는 것을. 이제야 알겠구나. 네가 누구인지. 미안하다, 그래, 미안하다. 너를 내 품에 안을 수만 있다면. 내 비록 너를 무참하게 망가뜨렸지만, 너를 품에 안아 네게 내 온기를 전해줄 수만 있다면. 네가 누구였는지, 네가 누구인지 알고 싶어 애타는 나, 너를 제비라 부르마.

그야말로 네게 딱 어울리는 이름. 제비란 이름을 가진 아가씨는 너 말고 아무도 없으니까. 생기발랄한 아가씨에게 꼭 알맞은 이름, 제비. 왜냐하면 제비만큼 생기발랄한 것도 없으니까. 철 따라 이동할 때가 아니면 너는 언제나 주위를 두리번거리며 망을 보지. 너를 못난이 칼새랑 구별해야 해. 네 주변을 둘러싸고 있는 천박한 인간들과도. 너는 한 마리 제비였어. 늘 주위를 두리번거리며 안절부절못하며 살아갔지. 나는 그게 좋았어. 고백컨대 네가 절대로 마음을 놓는 일 없이 살기를 바랐지. 네가 겁에 질려 있는 게 좋았어. 네가 떨림 그 자체이기를, 네 눈이 겁에 질려 있기를, 그러나 용감하게 빛나기를 바랐지. 나는 네가 불안해하는 게 좋았어. 그래서 나는 그렇게 멀리 나갔던 거야. 너를 공포 속에 붙들어두기 위해. 제비야, 다시 살아나줄 수 없겠니. 어느 봄날 내게 죽임 당한 너, 아리스토텔레스에 의하면 네가 온다고 당장 봄이 오는 건 아니라지. 그리스 최고의 철학자도 잘못 생각할 수 있는 거야. 하물며 정신 나간 살인청부업자가 어떻게 잘못을 저지르지 않을 수 있겠니. 내가 잘못했다. 제비야, 미안하다. 심장은 생명을 퍼올리는 펌프, 내 펌프가 마구잡이로 요동치는구나. 거세게, 너무나 거세게 요동치는 내 펌프에서 네 삶을 길어 올릴 수 없겠니. 고통스럽구나. 내 고통으로부터 다시 태어날 수 없겠니. 아니, 나도 알고 있단다. 기회는 두 번 주어지지 않는다는 것을. 오르페우스가 해내지 못한 일을 내가, 너를 죽인 내가 해낼 수 있겠니. 깃털 달린 조그만 유리디체야, 내가 너를 다시 살려내는 방법은 오직 하나, 네게 기막히게 잘 어울리는 이름을 주는 것. 제비야, 영원히 떠나버린 것아, 되돌아와 나를 맴돌며

날갯짓하는 것아.

　전화벨 소리가 내 시심을 확 깨버렸다.
　"목소리가 묘하군." 그렇게 말하는 유리의 목소리야말로 정말 묘했다.
　"아침에 제비가 방으로 들어왔어. 그러고는 텔레비전 뒤로 숨어들더니 거기서 죽어버렸지 뭐야."
　"아마 칼새일 거야. 칼새만큼 멍청한 게 없거든."
　"분명히 제비였어. 꽁지가 두 갈래로 갈라져 있었다고."
　"아는 것도 많으셔라."
　"시체를 어떻게 할까?"
　"업계의 관행에 따라 현장에 그대로 놔두지 그래."
　"이미 주워들었어."
　"글쎄, 뭐, 그럼 다진 양파하고 같이 냄비에 넣고 볶든지. 그건 그렇고, 서류가 하나 없어졌던데, 혹시 가방을 열어봤어?"
　"응. 그러면 안 되는 거야?"
　"안 되긴. 내용물을 하나도 빠짐없이 다 챙겨 넣었겠지?"
　"그럼. 좀 읽어보다가 너무 지루해서 다시 다 집어넣었는데."

"바닥에 떨어뜨린 게 없는지 확인해봤어?"

"잠깐만. 침대 밑을 좀 보고 올게."

나는 엎드린 채 침대 밑을 들여다보았다. 종이쪽 같은 건 없었다.

"아무것도 없는데?"

"이상하군."

"중요한 거야?"

"응."

"어떤 내용인데?"

"알 거 없어. 뭔가 찾아내면 전화해."

그리고 유리는 전화를 끊었다. 잠시잠깐, 없어진 물건이라는 게 일기장일지도 모른다는 생각이 머리를 스쳤다. 아니, 그럴 리는 없었다. 나는 혹시나 하는 마음에 일기장을 뒤적여보았다. 속에 종이쪽 같은 게 끼워져 있는지 보기 위해서였다. 아무것도 없었다. 하지만 제비의 글씨를 다시 보니 마치 그 애의 얼굴을 마주보는 듯 감회가 새로웠다.

나는 제비를 텔레비전 위에 올려놓고 신문을 사러 갔다. 그리고 관련 기사를 글자 한 자 빠짐없이 샅샅이 훑었다. 그러나 끝내 희생자들의 이름은 알 수 없었다. 나는 나중에 부고란이나 잘 살펴봐야겠다고 생각했다. 한 며칠 기다려야 할 것 같았다. 원래 살인사건의 희생자들은 이런저런 절차를 거친 다음이라야 땅에 묻힐 수 있으니까.

죽은 제비를 호주머니에 넣은 채 나는 페르라셰즈 묘지를 찾았다. 나는 네르발(Gérard de Nerval(1805-1855), 프랑스 낭만파 시인, 소설가 : 옮긴이)의 무덤 옆에 손으로 땅을 파서 제비를 묻어주었다. '네르발의 환상 속에 등장하는 아가씨는, 네르발이 '불의 딸'이라 부르는 아가씨는 바로 그 애와 같은 아가씨가 아니었을까? 가까이에 발자크(Honoré de Balzac(1799-1850), 프랑스 사실주의 소설가, 극작가 : 옮긴이)와 노디에(Carles Nodier(1780-1844), 프랑스 낭만주의 시인, 소설가 : 옮긴이)의 무덤도 있으니 제비가 심심할 일은 없을 것 같았다. 네르발은 그 애를 옥타비나 오노레나 세라피타라 부르며 귀여워해주겠지. 노디에는 그 애를 보며 '조각난 요정'을 떠올릴 테고. 내가 그들 곁에 묻은 건 죽은 제비가 아니라 제비를 닮은 생기발랄한 아가씨니까.'

나는 오래도록 네르발의 묘석 위에 엎드려 있었다. 나는 불행한 남자, 홀로 된 남자, 위로받지 못하는 남자였다. 나는 두 번씩이나 '돌아올 수 없는 강'을 건넜지만 아무것도 얻지 못했다. 내 권총은 우울이라는 검은 태양을 품고 있었다.

 여섯 시가 되자 묘지기가 내 어깨를 흔들었다. 나는 시간이 가는 줄도, 그리하여 묘지의 문을 닫을 시간이 되었다는 것을 알리는 종이 울리는 것도 모르고 있었다. 네르발의 시에서 곧장 튀어나온 듯 환상에 사로잡힌 채 넋이 나가 있었<u>으므로</u>.

 그런데, 묘지를 나서는 순간, 기적이 일어났다. 내 불감증이 감각 과민증으로 바뀐 것이다. 나는 모든 것을 예전보다 몇 배로 더 강렬하게 느끼고 있었다. 보리수 향기가 내 영혼을 에워쌌고 눈부시게 새빨간 모란이 내 눈을 휘둥그레지게 만들었으며 오월의 산들바람이 내 살갗을 부드럽게 어루만졌다. 티티새의 노래는 내 마음을 갈가리 찢어놓았다.

 한동안 가장 기본적인 감각이나 감정조차도 특별한 상황이 아니면 잘 느낄 수 없었던 내게 갑작스런 감각과 감정의 융단폭격은 말 그대로 충격 그 자체였다. 아무런 수고 없이 이루어진 일이라는 점에서 더더욱 그러했다. 아무래도 제비를 정성껏 묻어준 덕분에 감각이 되살아난 것 같았다. 생명을 내 손으로 죽이지 않은 것만으로.

 그 전까지만 해도 고객을 죽일 때만 감정이나 감각을—그래봤자 성적인 흥분일 뿐이었지만—느낄 수 있었다. 그런데 죽은 제비를 정성껏 묻어주자마자 불감증이라는 갑옷이 떨어져나가다니.

 길을 걸으며 생각해보니 아직 시험해보지 않은 감각이 있었다. 바로 미각이었다. 나는 체리를 한 봉지 사서 연신 길을 걸으며 먹었다. 씨를 총알처럼 투투 뱉어가며. 새빨간 과즙이 배어나오는 탐스런 과육은 기막히게 맛있었다. 차갑게 식은 고기 맛에 하나도 뒤질 것 없는 그 달콤한 맛을 내가 얼마나 오랫동안 잊고 살았는지.

 집에 돌아온 나는 마지막 감각의 향연을 벌였다. 제비를 떠올리자마자 나는 즉각 흥분상태에 돌입했다. 시작부터 엄청나게 강렬했다.

 침대에 누운 나는 '머릿속 연인'을 껴안았다. 제비는 권총을 내려놓고 내 입맞춤을 받아들였다. 하지만 여전히 완전무장한 눈으로 나를 바라보고 있었다. 나는 그녀의 눈꺼풀에도 입을 맞췄다. 멋있게 보이고 싶기도 했지만, 무엇보다 그녀의 경계심을 풀어주기 위해서였다. 왜 나는 첫눈에 알아보지 못했을까? 그녀가 얼마나 아름다운지.

 눈에 확 띄는 미인들도 있지만 상형문자처럼 해독하기 힘든 아름다움을 지닌 이들도 있다. 그 아름다움이 보는 이의 눈에 들어오는 순간, 그것은 아름다움을 넘어서는 아름다움이 된다.

'제비가 이토록 아름답게 느껴지는 건 내가 그 애를 죽였기 때문일까? 한때 마비상태에 빠졌던 내 지각능력은 서서히 제 기능을 발휘하기 시작하더니 이제 내 기억 속에 너무나 뚜렷하게 새겨져 있는 그녀의 얼굴 생김새를 이리저리 분석해보고는 그 우아함에 황홀해했다. 아름다운 살인녀를 못 만나서 안달하더니 만나자마자 그 자리에서 죽여버리다니! 아무리 직업적 습관에 젖었다지만…… 그런 바보 같은 짓거리나 하고! 그 애로부터 남은 건 일기장과 가끔 내 머릿속에서 불꽃을 터뜨리는 기억뿐이었다.

요즘은 아름다운 여자를 두고 흔히들 '죽여준다'고 말한다. 제비야, 제비야, 넌 정말로 죽여줬지. 네 모습이 지금도 눈에 선하구나. 당당하게 버티고 서서 장관인지 뭔지 네 아비란 자를 향해 총을 겨누던 너. 너는 냉정한 살인자답게 간결한 말로 네 아비의 허위에 찬 장광설을 제압해버렸지. 너의 순수하고 냉정한 옆모습. 그 찬란한 분노. 새하얀 비누거품을 새빨간 피로 물들인 너의 총탄. 이윽고 내가 등장하고 너는 나를 보며 알아차리지. 곧 죽음이 닥쳐오리란 것을. 호기심에서 비롯된 용기를 가지고 너는 내 눈을 뚫어져라 바라보지.

나는 여기서 늘 생각을 멈추곤 해. 너의 그 도전적인 눈빛이라니. 난 그렇게 아름다운 건 처음 보았어. 당신이 나를 죽이겠다고? 난 겁 안 나. 계속 당신을 바라볼 거야. 나는 모든 것이 비롯되는 장소니까. 나는 거기서 비롯되는 행위 그 자체니까.

바로 그 장면에서 나는 침대에 누운 채, 그러니까 사랑과 욕구에 겨워 온몸이 뻣뻣하게 굳어진 채, 운명의 흐름을 돌려놓지. 즉 권총을 네 발 앞에 내려놓고 너를 품에 안는 거야. 네 가녀린 몸을 안아 올리는 거야. 제비야, 너는 모든 것이 비롯되는 장소, 거기서 비롯되는 행위 그 자체, 나는 너를 세상의 중심으로 만들어놓으려 해. 나는 네 몸의 풍요로움에 흠뻑 빠져들 테고 또 내 몸도 이제껏 한 번도 누린 적 없는 것처럼 실컷 누릴 거야. 내가 네 안에 있을 때 너를 부르마. 네 이름 제비를. 그러면 삶이 보다 힘찬 모습으로 네게 돌아오겠지.

내 감각은 이 세상에 속하지 않는 듯 예민하기 짝이 없어. 다 느껴져. 꽃잎 같은 네 살결, 레몬처럼 조그맣고 단단한 네 젖가슴, 양 손으로 감싸 줄 수 있을 만큼 가느다란 네 허리. 그렇게 가느다란 허리를 감아 안는 건 얼마나 멋진 동작인지. 이제 안으로 들어가. 미지의 세계로. 너무나 부드러워

겁이 날 정도야. 벨벳이나 비단도 거칠게 느껴질 만큼. 진줏빛이 천이라면 이토록 부드러울까. 너무나 감미로워. 이런 달콤함을 맛보려면 대단한 용기가 필요하지. 네 몸은 꼭 한 번 받아보고 싶었던 사랑의 편지. 나는 눈을 감고 그 봉투를 열어. 심장이 터져나갈 것 같아. 나는 봉투 속으로 미끄러져 들어가. 아니, 이건 종이가 아냐. 사랑의 말이 줄줄이 적힌 종이가. 붉은 장미, 겹겹이 꽃잎을 피워 올린 장미야. 나는 그 여리고 섬세한 꽃잎들 사이로 미끄러져 들어가. 황홀해. 피가 몰려. 처음엔 가만히, 그러다 곧 넘칠 듯이.

아름다움이 주는 충격은 날이 갈수록 시들해진다고들 하지. 하지만 그 반대일 수도 있어. 내가 죽인 너, 너의 아름다움은 날이 갈수록 점점 더 내 마음을 흔들고 있으니까. 여기서 '흔든다'는 건 은유가 아니야. 사실 그 자체지. 내가 지금 하고 있는 짓이 뭐야. 내 몸의 한 부분을 흔들어서 그 아름다움이 준 충격을 그곳으로 몰아넣는 거지. 얼마나 거칠게 흔들어댔는지 더 참을 수가 없어. 이제 내가 죽이는 건 나 자신이야.

나는 곧 정신을 잃고 말 거야. 이제 그 순간이 왔어. 마지막 단계. 제비야, 네게 모든 걸 줄게. 아니, 이게 뭐야. 가시가 박혔나? 어디에? 내 머리에? 내 거시기에? 내 심장에? 모르겠어. 어쨌든 가시가 박혔군. 할 수 없지. 계속하는 수밖에. 내가 제비를 파고들면 파고들수록 가시는 나를 파고드는걸. 할 수 없지. 그 순간이 왔어. 그래도, 그래도 그 순간이…… 형편없군. 나는 아무것도 넘어서지 못했어. 내 영혼은 불타오르지 못했어. 이번에도 시작은 후지산처럼 장대했지만 끝은 쥐꼬리처럼 미미하군. 내 품속은 텅 비어 있고, 나는 혼자야. 그토록 열을 냈는데 아무 소용없어. 일을 치르고 혼자 남은 슬픈 수컷. 나는 서 푼어치도 안 되는 쾌감에 아름다운 환상을 팔아넘긴 셈이었다. 어여쁜 살인녀를 사로잡았다고 생각했지만, 사실은 보잘것없는 손장난에 사로잡혀 있었으니까.

오물이라도 뒤집어쓴 듯한 기분에서 벗어나기 위해 나는 제비의 일기에 덤벼들었다. 찐득거리는 머리를 차디찬 눈 속에 들이미는 것 같았다. 그 일기장은 이미 죽어버린 숫처녀의 차갑고 짤막한 삶을 그리고 있을 뿐이었지만, 내겐 성스런 책이었다. 즉 영혼을 씻어주는 물이었다.

나는 직업상의 원칙을 잘 알고 있었다. 고객, 즉 희생자에 대해 아는 게 적을수록 임무를 수행하기가 쉽다는 것을. 나는 그 원칙을 단 한 번도 어겨본 적이 없었다. 그럴 마음이 나지 않았으므로. 하지만 제비의 일기장은 내 마음을 흔들어놓고 말았다. 왜 내가 그런 상태에 빠졌을까? 그때 나는 홈쇼핑 카탈로그를 마치 포르노 잡지라도 되는 양 열심히 뒤적이고 있는 사춘기 소년 같았다. 나이 서른을 훌쩍 넘긴 그때까지 아무것도 본 게 없는 것처럼. 사실 그렇긴 했다. 그때껏 나는 비밀이라 할 만한 것을 들여다본 적이 없었다. 요즘 세상에서 내밀한 건 '성배'와 같은 존재가 되고 말았으니까.

읽을거리가 성스러운 성격을 띠기 위해선 성경처럼 모든 사람들에게 읽히거나 그 반대로 아무에게도 읽히지 않아야 한다. 물론 읽히지 않는다고 다 성스런 책이 되는 건 아니다. 그렇다면 얼마나 많은 책들을 성스럽다고 해야 할 것인가. 중요한 건 글을 쓴 사람이 그 글을 얼마나 절실히 숨기고 싶어 하는가이다. 얌전하기 짝이 없던 한 아가씨가 비밀을 지키기 위해 제 아버지를 죽이기까지 한 것으로 볼 때 '제비 일기'만큼 성스러운 책이 또 있을까.

"아직 아무것도 못 찾았어?" 유리가 전화로 물어왔다.

"응. 찾았으면 전화했겠지."

유리가 누군가에게 러시아어로 말하는 소리가 들려왔다.

곧이어 누군가가 시부렁거리는 소리. 분위기가 썩 좋지는 않은 듯했다.

"임무를 하나 맡아줘야겠어. 오늘 밤에."

"또? 어제만 해도 다섯 명이나 해치웠는데?"

"그래서? 할당량이라도 정해놓고 있는 거야?"

"보통 땐 하루쯤 숨 돌릴 틈을 주잖아."

"보통 땐 임무를 맡기면 좋아라 했잖아. 급한 일이야. 짬나는 사람이 당신밖에 없더군."

"고객은 누군데?"

"전화로 그런 얘기를 할 순 없지. 빨리 이쪽으로 와."

별로 내키지 않았다. 나는 속이 끓어오르면서도 시키는 대로 오토바이를 타고 파리를 가로질렀다.

러시아인 동료는 얼음장처럼 차디찬 표정으로 나를 맞았다. 그러고는 사진을 한 장 내 앞에 내던졌다.

"영화감독이야."

"거 참 생뚱맞군. 왜 영화감독을 제거해야 하지?"

"보스가 그자의 영화라면 질색을 하니까." 유리가 앙다문 잇새로 내뱉듯 말했다.

"내가 그런 이유로 영화감독들을 제거했다면 그 직업을 가진 사람들이 몇 명이나 살아남았을지 원."

"어련하실까, 비평가 선생."
"왜 하필 오늘 밤이래?"
"그래야 하니까."
조직에서 나를 곱게 보고 있지 않는 것이 틀림없었다.
"장소는 파리 남서쪽 뇌이야. 그자는 영화 시사회가 끝나는 밤 열 시에 극장에서 나올 테고."
"집에 들렀다 갈 시간은 있겠군."
나는 큰 소리로 내 생각을 말했다.
"안 돼. 장소를 찾기 힘드니까 곧장 뇌이로 가."
"오늘은 뭐든 시키는 대로 해야 할 것 같군."
"제대로 짚었어."

나는 영화관을 찾아내기 위해 낯선 거리를 꽤나 헤매야 했다. 그런데도 정해진 시간보다 두 시간이나 먼저 도착했다. 천만다행으로 영리한 나는 일기장을 집에서 가지고 나왔다.

나는 벤치에 앉아 일기를 읽었다. 그 젊디젊은 아가씨의 삶에는 아무도 존재하지 않았다. 남자도 여자도 심지어는 그녀 자신조차도. 자신에 대해서는 물론이고 부모나 형제에 대해서 이야기하는 대목도 눈에 띄지 않았다. 인간이란 건 그 애의 관심사가 아닌 모양이었다.

그 애는 간결하고 단호하게 묘사하고 있었다. 보고 들은 것들이나 느낀 감정들을. 책갈피마다 어떤 소리가 울려 퍼지는 듯했다. 가만히 귀를 기울여보니 라디오헤드의 음악 같기도 했다. 그건 내 정신상태 때문인지도 몰랐다. 하지만 하필 그 일기를 보면서 '모든 것이 제자리에'라는 제목이 붙은 노래를 떠올리는 건 우연 치고는 너무나 기막힌 우연이라고 하지 않을 수 없었다.

나는 머릿속에서 울려 퍼지는 음악에 잠자코 귀를 기울였다. 그랬다. 모든 것이 제자리에 있었다. 영화감독은 영화를 보고 있었고, 젊디젊은 아가씨는 죽어버렸으며 살인청부업자는 망을 보고 있었으니. 소리의 폭풍 속에서 같은 노랫말이 계속 되풀이되고 있었다. 그녀가 말하려는 게 뭐지? 좋은 질문이었다.

나는 일기에 적혀 있는 몇몇 문장들을 천천히 음미했다. '모란처럼 활짝 피는 꽃도 없을 것이다. 그에 비하면 다른 꽃들은 이를 앙다물고 툴툴대는 것처럼 보인다.' '벽이 갈라져 있는 걸 볼 때면 도대체 어디서부터 저렇게 갈라졌을까 하는 생각이 든다. 위에서부터? 아래서부터? 아님 가운데

서부터? 끄트머리에서부터? '눈을 감고 음악을 들으면 잘 들리지 않는다. 눈은 귀의 콧구멍이니까.' 정말이지 내가 한 번도 떠올려본 적이 없는 참신한 생각들이었다. 하지만 젊은 아가씨가 왜 그런 생각을 했는지는 도무지 알 길이 없었다.

가끔 단순하고도 기묘한 문장이 눈에 띄었다. '오늘 아침, 내 마음은 넓디넓다.' 그걸로 끝이었다. 그 문장을 보고 내 마음이 왜 그리도 찢어지는 것 같던지. 누가 썼느냐에 따라 똑같은 문장도 달리 느껴지게 마련이라고 나는 애써 스스로를 설득하려 해보았다. 속 편한 중년 아줌마가 그렇게 써놓았다면 아무렇지도 않았을 거라고. 말도 안 되는 생각이었다. 속 편한 중년 아줌마가 그런 글을 쓸 리 없었으니까. 간결하고 고독하며 빈한한 그 글은, 참하게도 부질없는 그 글은 젊디젊은 영혼, 아직 제자리를 잡지 못한 영혼만이 써낼 수 있는 그런 것이었다. 그 가녀리면서도 우아한 문장은 죽은 여자아이가 얼마나 참한지 말해주고 있었다. 그 묘한 문장은 그것을 쓴 이가 맞게 될 묘한 운명을 암시하고 있었다.

내 직업정신은 밤 아홉 시 오십오 분이 되자 경보를 울리기 시작했다. 나는 극장의 출입문을 주시했다. 들은 바에 의

하면 문제의 영화감독은 다부진 체격에 머리를 길게 기르고 있다고 했다. 앞으로 일어날 일을 생각해보면, 영화를 찍는 건 정말이지 위험천만한 짓거리였다.

나는 그를 죽일 생각을 하면서도 전혀 마음이 들뜨거나 흥분되지 않았다. 밥벌이 좀 해보겠다고 흥미진진한 독서를 중단해야 한다는 게 귀찮기만 했을 뿐. 열 시하고도 이십오 분이 지나서야 마침내 문이 열렸다.

사람들이 우르르 쏟아져 나왔다. 임무를 수행하기가 쉽지 않을 것 같았다. 살인이라는 신성한 행위를 할 때에는 모름지기 주위가 조용해야 하는 법이었으니까. 목격자들이 많아서 좋을 건 하나도 없었다.

영화감독이 문 밖으로 나오자마자 사람들이 그를 에워쌌다. 거기다 대고 총질을 할 수는 없는 노릇이었다. 이미 밖에 나와 있었던 사람들까지 가세하면서 내 목표물인 영화감독은 완전히 사람들의 물결 속에 파묻혀버리고 말았다. 이어지는 소란법석. 나는 그 속에 칭찬이 듬뿍 들어 있기를 바라 마지않았다. 내 고객이 이승에서 마지막으로 듣게 되는 칭찬일 테니.

얼마나 시간이 흘렀을까, 영화감독을 에워싸고 있던 무리가 서서히 흩어지기 시작했다. 이윽고 자동차 문들이 닫히는 소리며 시동을 거는 소리가 들려왔다. 그래도 감독은 여전히 수많은 사람들에게 둘러싸여 있었다. 당연한 일이었다. 자기가 만든 영화의 시사회에 온 감독을 혼자 내버려두는 경우가 어디 있겠는가. 보스는 무슨 생각으로 내게 그런 임무를 맡겼을까? 궁금하기 짝이 없었다. 물론 임무를 수행하지 못할 상황은 아니었다. 감독은 경호원을 대동하고 있지 않았으니까. 하지만 그렇게 많은 이들이 지켜보는 가운데 사람을 죽이면 체포되는 건 시간 문제였다. '혹시 보스가 나를 엿 먹이려고 일부러 이런 일을 맡긴 거 아냐? 서류를 잃어버린 것 때문에 단단히 화가 난 게 틀림없어.'

감독을 둘러싼 무리 중에는 주연 여배우로 보이는 젊은 아가씨도 있었다. 정말 끝내주게 예뻤다. 가냘플 정도로 호리호리한 데다 이목구비는 여신을 닮아 있었다. 짧은 스커트 밑으로 쭉 뻗은 다리가 얼마나 늘씬한지, 바라보는 것만으로도 행복 그 자체였다. 문득 영화관에서 일해 보면 어떨까 하는 생각이 들었다. 이유는 단 하나, 날이면 날마다 그렇게 아름다운 피조물들을 바라보기 위해서였다.

'그렇게 못할 건 뭐야? 늙어 꼬부라질 때까지 살인청부업자로 일해야 한다는 법은 없잖아? 지금 영화감독을 제거하지 않는다고 뭐가 달라지겠어? 이미 신뢰는 잃을 대로 잃은

판인데.'

 내 머릿속에서는 계획이 착착 세워져나갔다. '일단 집에 들러서 소지품만 몇 개 챙겨 나와야지. 배낭 하나에 다 쓸어 담을 수 있을 거야. 그러고는 쥐도 새도 모르게 자취를 감춰 버려야지. 조직에 발각되지 않도록. 그 동안 모아둔 돈이 있으니 어떻게든 살아갈 수 있을 거야.'

 곧이어 머릿속에서는 또 다른 목소리가 꿈 깨라고 외쳐댔다. '일단 계약을 했으면 계약을 지켜야지. 이번 고객을 죽이지 않으면 완전히 보스의 신뢰를 잃고 말 거야. 어쩌면 보스는 나를 시험해보려고 이번 임무를 맡겼는지도 몰라. 이런 황금 같은 기회를 놓칠 순 없어. 물론 나는 서류 같은 거 빼돌리지 않았지만 위에선 그렇게 생각하고 있잖아. 보스에게 내가 믿을 만한 놈이라는 걸 보여줘야 해.'

 영화감독의 목소리가 들려왔다. "자, 이제 가보자고." 그는 여배우를 포함한 일행 네 명과 함께 차 쪽으로 걸어가고 있었다. 행동을 개시해야 할 때였다. 나는 그에게 다가갔다.

 그는 나를 보고는 걸음을 멈추었다. 초짜 시나리오 작가가 대본을 보여주려 하거나 열성팬이 사인을 부탁하려 한다고 생각한 모양이었다. 내가 막 권총을 뽑아들려는 순간, 주연 여배우가 감독을 막아서며 외쳤다. "조심하세요!" 나는 얼어붙은 듯 동작을 멈췄다.

"왜 그래, 루이즈?" 감독이 여배우에게 물었다.

"무슨 일이시죠?" 그녀가 겁에 질린 목소리로 나에게 물었다.

심장이 격렬하게 뛰기 시작했다. 제비 한 마리가 내 방에 들어온 그날처럼. 일기장이 가슴에 와 닿았다. 나는 점퍼 속에 일기장을 품고 있었다. 다른 총잡이들이 방탄용 조끼를 입듯이.

나는 권총에서 손을 떼 거칠게 뛰놀고 있는 내 심장에 얹었다.

"에이, 루이즈, 그러지 마. 왜 사람을 겁주고 그래? 괜찮습니다, 하실 말씀이 있으시면 하세요."

여배우가 매서운 눈으로 나를 쏘아보고 있었다. 나는 절대로 이 임무를 수행할 수 없으리라는 것을 알아차렸다.

나는 더듬더듬 말을 꺼냈다. "저, 저는 감독님을 존경합니다……. 그러니까 저, 감독님 같은 분 밑에서 일해 보는 게 소원이죠……."

"아, 그랬군요." 감독은 내 말을 믿는 듯했다.

루이즈가 그 가녀린 몸으로 감독을 보호하고 있는 가운데 나는 계속 말을 이어갔다. "제가 비록 가방끈은 짧습니다만, 무슨 일이든 다 해낼 자신이 있습니다. 커피를 나르라고 하셔도, 바닥을 닦으라고 하셔도 좋습니다. 제발 시켜만 주십시오."

여배우와 나는 서로의 눈을 뚫어져라 쳐다보았다.

"운전면허증은 있어요?" '일행2'가 내게 물었다.

"오토바이용 면허증은 있는데요." 나는 저만치 세워져 있는 내 오토바이를 가리키며 대답했다.

'일행3'이 말을 받았다. "잘 됐네요. 잔일해줄 사람이 하나 필요했는데."

"이름이 뭔가?" 영화감독이 물어왔다.

나한테 반말을 하는 걸로 봐서 이미 나를 채용하기로 마음을 굳힌 듯했다.

'위르뱅'이라는 이름을 대서는 안 될 일이었다. 위르뱅이 교황의 이름이었던 만큼 나는 또 다른 교황의 이름을 불러주기로 했다.

"이노상입니다('죄 없다'고 할 때의 이노상)."

"이노상이라고? 정말로?" 감독이 놀라서 외쳤다.

"정말입니다." 나는 딱 잘라 대답했다.

"멋진데. 그런 이름을 가진 사람을 아무리 만나려고 해도 만날 수 없더니만."

루이즈는 그때서야 경계를 늦추었다. 나는 안도의 한숨을 내쉬었다. '일행3'이 영화사의 주소를 쪽지에 적어 건네며 내일 아침에 찾아오라고 일러주었다.

　"정말로요?" 이번에는 내가 정말이냐고 되물었다.

　"형씨의 이름이 이노상인 것처럼 정말이고말고요. 어쨌든 운 좋은 줄 알아요. 마침 우리가 기분이 좋을 때 찾아와서 취직이 된 거니까."

　"루이즈는 기분이 별로인가 본데?" 감독이 차에 올라타며 토를 달았다.

　여배우는 다시 한 번 의혹에 찬 눈길로 나를 바라보고 나서야 차에 올랐다. 그 의미는 명백했다. '내가 당신을 눈여겨봐뒀어요.' 자기가 얼마나 제대로 짚었는지 루이즈는 알고 있었을까?

　일행이 탄 차가 멀어져 갔다. 나는 다시 혼자였다. 얼이 빠진 채.

　이노상. '죄 없는 자.' 내가 아는 이름 중에 유일하게 뭔가가 없다고 주장하는 이름이었다. 그래서 세상 사람들은 자식의 이름을 이노상이라고 짓지 않는 것일까? '우리 아들이요? 못된 짓이라곤 저질러 본 적이 없는 녀석이라오.' 이런 뜻을 담고 있으니까?

나는 내 자식이 아니라 내 자신에게 이노상이라는 이름을 주었다. 그 이름이 나도 모르는 사이에 내 입 밖으로 튀어나왔다는 건 그것이 뭔가 심오한 이유로 내게 딱 맞아떨어지기 때문이 틀림없었다. 살인청부업자가 뜬금없이 이노상으로 이름을 바꿨을 때 거기엔 이름을 바꾼다는 건 이상의 의미가, 즉 자신의 정체성 자체를 바꾼다는 의미가 숨어 있다.

나는 내게 위르뱅이라는 이름을 줄 때도 깊이 생각해보지 않았다. 하지만 그 이름은 살인청부업자의 이미지―도시라는 곳이 부여하는 익명성을 무기로 낯모르는 사람들을 무신경하게 죽이는 자―에 딱 들어맞았다. 시골 나들이를 한 번 하고 나자 그 정체성엔 금이 가기 시작했다. 이어 제비가 방 안으로 날아들면서 그 정체성은 제 기능을 잃어버렸다. 마지막으로 아름다운 두 눈동자는 그 정체성을 새 것으로 바꾸어놓았다.

나 스스로 위르뱅이라는 이름을 붙이기 전에 나는 어떤 이름을 갖고 있었던가? 그 이름 역시 지어낸 정체성이 아니었나? 분명코 그랬다. 부모님이 지어주신 이름이라지만 그래도 지어낸 것임은 틀림없었다. 그렇듯 남이 지어준 이름을 갖고 살 때 누구나 언젠가 한 번쯤은 그 주어진 정체성에 맞추어 살아야 하는지 의문을 품게 마련이다. 그 기억은 어린 시절로 거슬러 올라간다. 그때 샤를은 샤를인 척하려 애쓰고 올리비에는 자신이 올리비에가 맞는지 자신 없어 하며 폴은 폴이란 존재를 영 거북스러워한다. 그리고 뱅상은 자신에게 뱅상이라는 이름이 붙어 있다는 것을 알고는 화들짝 놀란다.

나 자신에게 위르뱅이라는 이름을 주었을 때 나는 그 무엇에도 비길 수 없는 도취감을 맛보았다. 새 이름은 이미 존재하고 있었던 것이라는 점에서 더 큰 충격을 준다. 그런 이름이 있다는 것을 알고 실제로 그런 이름을 지닌 사람도 만나본 상태에서 어느 날 갑자기 그 이름을 마음 깊숙이 받아들이고 다른 이에게 마법의 주문과도 같은 문장을 되풀이할 때의 그 신선한 충격이란! "내 이름은 위르뱅입니다." 아무도 그 사실을 의심하지 않을 때의 그 신선한 충격이란! 엄청난 위력을 지닌 '열려라, 참깨!', 새로운 존재의 열쇠이자 묵은 정체성을 지워버리는 지우개.

나는 내게 이노상이라는 새 이름을 주었다. 그 순결한 세계는 널찍해서 지내기 편했다. 나는 새 이름 속에서 마음대로 돌아다녔다. 넓디넓은 방들을 신기한 듯 바라보며. 이름 모를 이웃들이 당황스러워하는 것을 즐기며. 새로 시작하는 기분이 그렇게 좋을 수 없었다.

새 옷을 산 사람은 그 옷을 사람들에게 자랑하고 싶어 안달이 나게 마련이다. 나는 이노상을 오토바이에 태우고 시내를 질주했다. 내 머릿속 구경꾼들은 환호성을 질렀다. '보셨어요? 이름이 이노상이래요!' 오토바이는 신이 나서 펄쩍펄쩍 뛰었다.

그렇다고 이미 세워둔 계획까지 잊어서는 안 될 일이었다. 일단 아파트로 가서 꼭 필요한 물건들만 몇 가지 챙긴 다음 이곳에서 자취를 감춰야 했다. 그러니까 위르뱅이란 존재를 눈에 띄지 않게 숨겨야 했다.

나는 아무 미련 없이 아파트의 계단을 올랐다. 문이 열려 있었다. 안은 난장판이었다. '왜 이런 일이 벌어질 거라고 생각하지 못했던 걸까? 보스는 이러려고 긴급한 임무 운운하며 나를 일찌감치 파리의 반대편 끝으로 쫓아 보낸 거야. 개자식들, 중요한 서류인지 뭔지는 찾아냈을까?

욕실의 거울에는 유리가 치약으로 간결하고도 위협적인 문장을 하나 갈겨 놓았다. '곧 다시 만나지.' 한시라도 더 빨리 떠나야 할 이유가 하나 더 늘어난 셈이었다.

'내게 꼭 필요한 물건이 도대체 뭐지? 그 개자식들이 하나하나 바닥에 늘어놓은 물건들을 보자—그래서 물건을 찾아내기는 더 쉬워졌지만—나는 그것들에 정나미가 뚝 떨어지고 말았다. 그래서 배낭에다 갈아입을 옷 한 벌과 세면도구만 챙겨 넣었다. 새로운 인생을 시작하려면 여행도 가볍게 해야 하는 법. 짐을 주렁주렁 들고 다니면 마음도 백지상태일 수 없으니까.

가장 중요한 건 내 점퍼 속에 들어 있었다. 그건 바로 '제비 일기'였다.

나는 뒤도 돌아보지 않고 위르뱅의 아파트를 떠났다.

나는 당장 잠잘 곳도 없었다. 하지만 내겐 오히려 잘된 일이었다. 새로운 인생을 시작하게 된 참이라 너무나 흥분해서 잠이 오지 않았으니까. 나는 술집에 갔다. 그리고 이노상이라는 이름과 함께할 새로운 인생을 위스키로 축복했다. 누가 알고 싶어 하건 말건 나는 틈만 나면 내 이름은 이노상, 즉 죄 없는 자라고 외쳤다. 그리고 나서는 푸하하 웃음을 터뜨렸다. 대부분 내가 교도소에서 막 출감했다고 생각했다. 그리고 다들 내가 취했다는 것을 알고 있었다. 새 이름을 갖게 되면 취기가 머리 꼭대기까지 차오르는 법.

유리는 '곧 다시 만나지'라고 적어 놓았다. 위르뱅이 두 번 다시 들여다보지 않을 거울에다. 그러고 보면 그자들은 문제의 서류를 찾지 못한 게 틀림없었다.

'제비 일기'야말로 그들이 찾고 있는 물건이 아닌가 하는 의심이 서서히 돋아나기 시작했다. 그런 말도 안 되는 생각을 하다니, 아무래도 많이 취한 모양이라고 나는 애써 그 무시무시한 의혹을 떨쳐냈다. 그 일기는 장관의 딸을 알고 있는 사람만이 탐낼 그런 물건이었다. 그래도 혹시……. 장관이야 그 일기를 훔칠 이유가 충분했다. 하지만 러시아인 패거리들은 그런 일기가 있는지 없는지도 몰랐을 텐데…….

 어쨌든 그들이 찾는 것이 바로 그 일기라고 보면 상황은 놀라우리만치 아귀가 잘 들어맞았다. 아이고, 머리야.

 나는 오토바이를 몰 수 없을 정도로 곤드레만드레 취해 있었기 때문에 내일—이미 오늘이 되어 있었다—찾아가기로 한 영화사 앞까지 오토바이를 끌고 걸어갔다. 그리고 그 위에 엎어져서 한두 시간쯤 한뎃잠을 잤다.

 문득 눈을 떠보니 웬 남자들 둘이 나를 이상야릇한 시선으로 훑어보고 있었다.

 "잔, 잔심부름할 사람이 필요하다고 해서……." 나는 어물어물 말을 내뱉었다.

 "아, 그 사람이군. 따라오시오."

감독이 미리 일러놓은 모양이었다. 그렇게 부지런한 사람 밑에서 일하게 되다니 기분이 흐뭇했다. 두 남자는 나를 영화사에서 한참 떨어진 다른 건물로 데려갔다. 영화사가 너무 번창해서 별관을 마련한 모양이었다.

건물 안은 미술품 천지였다. 나야 그것들이 멋있는지 멋없는지 말할 주제는 못 되었지만 한눈에 보기에도 엄청나게 비싼 것들이란 것쯤은 알 수 있었다.

두 남자 중 하나가 나를 웬 사무실로 데리고 들어갔다. 그가 인사부장인 듯했다. '어디서 본 것 같은데?'

그가 물어보기 전에 나는 선수를 쳤다.

"이력서는 가지고 오지 않았습니다. 이름은 이노상이라고 하고요."

그는 어이없다는 표정으로 나를 쳐다보았다. 나는 다시 선수를 쳤다.

"놀라셨죠? 저도 제 이름이 흔하지 않은 줄은 압니다."

"앉으세요."

목소리가 귀에 익었다.

"저는 여러 회사에서 심부름꾼으로 일을 해왔어요. 어디어디서 일했는지 말씀드리자면……."

"그런 건 말씀하지 않으셔도 됩니다. 주소와 전화번호부터 기입하세요."

그가 신상 기록 카드를 내밀며 말했다.

"주소는 좀 있어야 생길 것 같은데요."

나는 휴대전화 번호를 적어 넣으며 말했다.

"지금은 어디서 지내시죠?"

"보셨잖습니까. 한뎃잠 자는 거."

"노숙을 하신다고요?"

사원들의 복리후생에 그토록 관심을 보이는 인사부장은 처음이었다.

"걱정 마세요. 계속 그렇게 살진 않을 테니까요."

잠시 침묵이 흘렀다. '왜 급료에 대해선 아무 말도 하지 않는 거야?'

"저, 한 달에 얼마나 주실 건가요?"

"아직 채용이 확정되지도 않았습니다."

"사장님이 저를 채용하겠다고 하셨는데요, 바로 어젯밤에요!"

"사장님이라고요!"

"그러니까, 감독님 말입니다."

"면접을 계속하도록 해주시겠습니까?"

"그럼요. 물어보실 게 있으면 뭐든 물어보세요."

"신상 기록서부터 작성하세요."

나는 아무렇게나 빈 칸을 채워 넣었다. 인사부장은 아무 관심 없다는 듯 한 번 쓱 훑어보고 말았다. 하마터면 나는 점수가 몇 점쯤 나오겠느냐고 물어볼 뻔했다.

"나이가 어떻게 되십니까?"

"거기 적어놨는데요."

그가 눈썹을 찌푸렸다. 밉보였구나 하는 생각이 들었다. '어차피 물어볼 거면서 뭐 하러 힘들게 빈 칸을 메워 넣으라고 한 거야?'

"자기소개를 좀 해보시죠."

기습공격을 당한 나는 부러 명랑하게 떠들어댔다.

"딱히 말씀드릴 만한 건 없는데요, 제가 완전히 새 사람이 된 기분이라는 것, 그러니까 얼마든지 새로운 삶을 시작할 준비가 되어 있다는 것, 이거 하나만큼은 꼭 말씀드리고 싶군요."

"왜 새로운 삶을 시작해야 한다고 보십니까?"

"건강에 좋으니까요. 그렇지 않습니까? 한 군데서 묵새기지 않는다, 이게 바로 제 인생의 목표죠."

그는 별 미친놈을 다 보겠다는 듯 나를 바라보았다. 나는 한술 더 떴다.

"나는 회사를 옮겨 다니는 게 좋습니다. 그래야 이 사람 저 사람 많이 만날 수 있으니까요. 잔심부름을 하면서 여러 사람에게 도움이 되고 회사에 기여할 수 있다는 게 너무 좋습니다. 그러면서 사람들 사이에 얽혀 있는 비밀을 알게 되는 재미도 쏠쏠하고요."

그가 고개를 끄덕였다. 이제는 나를 미친놈으로 보지 않는 듯했다.

"맞는 얘깁니다. 회사에서 잔일을 맡아하다 보면 사람들을 관찰할 기회가 많죠."

"바로 그겁니다. 우리처럼 잔일하는 사람들은 위에서 일하시는 분들보다 더 많은 걸 알고 있게 마련이죠."

"그런 걸 이야기해주시겠습니까…… 이노상 씨?"

"그냥 이노상이라고 불러주세요."

그가 와락 웃음을 터뜨렸다. 나도 덩달아 낄낄댔다. 그러고 보니, 이름을 바꾼 재미가 만만치 않았다.

"제 어머니가 제게 왜 그런 이름을 지어주셨는지는 물어보지 마세요."

"사실 알고 싶지도 않군요."

나는 아무렇게나 둘러댔다. "어머닌 신앙심 깊은 분이었거든요. 성경을 보면 왜, 헤롯왕이 죄 없는 아이들을 학살하는 대목이 나오잖아요. 왕은 집집마다 첫 사내아이가 태어나는 대로 다 죽이라고 명령을 내리죠. 메시아의 출현을 막기 위해서 말이에요. 예수는 유일하게 살아남은 아이였죠."

"알고 싶지 않다고 말씀드렸는데요."

"어머니가 무슨 생각으로 제게 그런 이름을 붙였는지 궁금해요. 자식을 죄 **없는** 자라고 부르는 건 이유 **없는** 행동이 아니거든요."

"유머감각도 풍부하셔라."

"대학살과 연관된 이름이라…… 1572년 8월 24일 이후 과연 얼마나 많은 사람들이 자식에게 바르텔레미라는 이름을 붙였을지……." (1572년 8월 24일은 성 바르톨로메오의 축일이었는데, 그날 파리의 신교도들이 무참하게 학살당하는 사건이 일어났다. 이날의 참극을 성 바르톨로메오 축일의 대학살이라 하는데 바로톨로메오는 프랑스식으로 바르텔레미라 한다 : 옮긴이)

"소지품은 그 배낭에 든 게 전부 답니까?"

"네, 제가 승려 같은 면이 좀 있어서요. 이 배낭 속엔 딱 아홉 가지 물건만 들어 있습니다."

"어떤 것들이죠?"

"면도기, 샴푸 겸용 샤워젤, 빗, 휴대용 칫솔치약 세트, 양말 한 켤레, 팬티 한 장, 바지랑 티셔츠 한 벌씩이요."

"전부 여덟 개네요? 나머지 하나는 뭡니까?"

"사실 제가 승려들보다 더 청빈하게 살고 있답니다."

"뭔가를 적는 데 필요한 건 안 갖고 다니십니까?"

"제가 적으면 뭘 적겠습니까?"

"살다 보면 반드시 뭔가를 적어둬야 하는 일이 생기지 않습니까?"

"저는 친구가 없습니다. 그러니 주소록 같은 것도 필요 없죠."

"나도 주소록 같은 걸 말하는 게 아닙니다. 혹시 공책을 한 권 갖고 있지 않습니까?"

나는 멍하니 그를 바라보았다.

"아뇨."

그는 내 배낭을 낚아채 뒤졌다.

"지금 저를 면접하시는 거 맞습니까?"

"공책은 어디다 감췄어?"

"공책이라뇨?"

"허튼 수작 하지 마. 당신이 갖고 있다는 거 다 아니까. 장관네 집은 물론이고 당신네 아파트까지 샅샅이 훑었는데 그게 보이지 않더란 말이야."

나는 자리에서 일어나 나가려 했다.

제비 일기　121

"어딜 가시려고?"

"다른 곳이요."

"내 부하들이 문 밖에서 지키고 있으니 괜한 수고 하지 마. 우리가 그 계집애의 일기장을 찾아낼 때까지 우리랑 함께 있어줘야겠어."

"도대체 무슨 말씀을 하시는지 모르겠군요."

"당신, 장관네 집에서 계집애를 하나 죽였지?"

"예, 그렇게 지시를 받았거든요."

"계집애의 일기장은 분명히 당신이 들고 나온 서류가방 속에 들어 있었어."

"저는 그런 걸 본 적 없는데요."

"정말로?"

"이상하네요. 일기장 같은 것에 왜 그렇게 지대한 관심을 보이시죠?"

"알 거 없어."

그가 뭐라고 외치자 그의 부하들이 우르르 몰려들어와 나를 짐짝처럼 끌고 갔다. 내 심장은 일기장에 맞닿은 채 마구 쿵쾅거리고 있었다.

나는 빈 방에 갇혔다. 창은 바닥에서 무려 사 미터나 높은 곳에 나 있어 내다볼 엄두조차 낼 수 없다. 신발을 던져봤지만 채 닿지도 못한 채 바닥에 떨어졌다. 오직 그 창으로만 빛이 새어들고 있었다.

감시카메라 같은 건 없었다. 감옥치곤 별스럽다 싶었지만, 그래도 사생활은 보호받을 수 있어 좋았다. 도대체 얼마나 많은 사람들이 여기서 죽음을 맞았을까? 바닥은 새로 시멘트를 바른 듯했다. 복도보다 바닥이 지나치게 높은 것으로 보아 그 이유를 알 듯도 했다. 시체와 시멘트가 번갈아가며 켜켜이 쌓아올려진 케이크……. 한쪽 구석에는 볼일을 볼 때 쓰라는 건지 양동이 하나가 놓여 있었다.

계획을 세워야 했다. 나는 점퍼 속주머니를 비워보았다. 일기장과 연필 한 자루. 그게 다였다. 칠칠찮게도 오토바이 열쇠를 오토바이에 그대로 꽂아두고 온 모양이었다. 성냥이나 라이터 같은 건 눈을 씻고 찾아봐도 없었다. 화가 치밀었다. 일기장을 어떻게 없애지?

그건 내가 어떻게든 해내야 하는 일이었다. 나는 그 젊디젊은 아가씨에게 온갖 못된 짓거리를 다 저질렀다. 죽인 걸로도 모자라 읽지 말라는 일기까지 읽었으니. 내 죄를 용서받을 수 있는 방법은 단 하나, 일기장을 완전히 없애버리는 것이었다. 그 내용은 세상 사람들의 구미를 당기기에 충분했으니까. 사람들은 왜 그런 것에 열광하는 걸까? 나는 그것 참 희한하다고, 말도 안 된다고 생각했다. 물론 그런 열광의 도가니에 맨 처음 빠져든 사람은 나였지만.

나는 일기 속에 숨겨진 메시지나 암호가 없는지 한 장씩 살펴보았다. 막상 찾아내지 못하자 오히려 잘 됐다 싶은 생각마저 들었다. 이제 더 이상 꾸물거릴 시간이 없었다. 언제 그자들이 들이닥칠지, 몸수색을 하겠다고 덤벼들지 모르는 일이었다. 나는 일기장에 연필로 덧칠을 하려 해보았다. 그러기엔 연필심이 너무 약했다. 게다가 그 불한당놈들이 지우개로 쓱싹쓱싹 지워버리면 말짱 헛일 아닌가.

그랬다. 방법은 오직 하나뿐이었다. 그 찝찔한 종이쪽들을 집어삼키는 것, 그게 내가 받아야 할 벌이었다. 나는 일기를 한 장씩 뜯어 씹어 삼키기 시작했다. 지긋지긋했다. 힘에 부쳤다. 종잇장들이 어찌나 질기던지. '뭔가 마셔가면서 할 수만 있다면! 그 짓을 몇 번 하고 나니 혀가 바싹 말라버렸다. 처녀의 일기엔 어떤 포도주가 어울릴까? 나는 클렐리아(프랑스 소설가 스탕달(Stendhal,1783-1842)의 소설 『파르마의 수도원La Chartreuse de Parme』의 여주인공. 남자주인공 파브리스가 감옥에 들어간 후 그와 진정한 사랑을 이룬다 : 옮긴이)를 기리며 로마네콩

티(부르고뉴산 최고급 적포도주 : 옮긴이)를 떠올렸다.

 이윽고 나는 말도 안 되는 추측에 매달렸다. 유리가 말하길 보스는 여자 잡는 일이라면 사족을 못 쓴다고 했다. 하지만 제비를 필요로 하지는 않았다. 젊은 아가씨들을 처치하는 일은 부하들에게 맡기지 않는 게 원칙이었으니까. 어쩌면 보스는 장관과 알고 지내는 사이로, 어느 날인가 장관한테서 딸의 일기를 훔쳤다는 얘기를 들었는지도 모른다. 그리고 그토록 내밀한 것이야말로 진정 자신이 탐낼 만한 것이라고, 그것을 훔쳐보는 것이야말로 자신이 쌓아온 업적 중에서 부족한 부분—복잡 미묘한 정신적 강간—을 메워줄 수 있으리라고 생각했는지도 모른다. 요즘 세상이라는 게 웬만한 십대들은 블로그다 뭐다 해서 다 털어놓고 사는 세상 아닌가. 이런 세상에서 진정으로 욕구를 자극하는 것은 단 하나, 비밀뿐인지도 모른다…….

 말도 안 되는 억측이다. 종이로 속을 채우니까 머릿속이 흐릿해지는 게 틀림없다. 종이 속에는 화학물질이 너무나 많이 첨가되어 있으니까. 나는 글과 그 글을 읽는 이가 맺을 수 있는 관계를 지고의 경지로 끌어올렸다. **뼈**에 사무치도록 읽고 나서—이건 절대 은유가 아니다—그 글을 아예 씹어 삼키고 있으니.

이젠 그런 대로 먹을 만하다. 구미를 당기는 맛은 아니지만 나름대로 흥미로운 맛이 난다. 미사 후에 나눠주는 면병 같다고나 할까. 약품처리만 되어 있지 않았어도 좋으련만. 화학물질을 너무 많이 삼켰더니 정신이 없다.

옛날에는 종이 대신 살가죽에다 글을 썼다. 글을 쓴다는 건 오래도록 문신과 다름없는 행위였다. 잘 삼켜지지 않는 종이를 삼키기 위해 나는 그 젊디젊은 아가씨의 살갗을 떠올린다. 글씨가 새겨진 그녀의 살갗을 먹는다고 생각한다.

따지고 보면 나는 훌륭한 표적이 되기 위해 엘리트 사수로 뽑힌 셈이었다. 제비는 일 분도 안 되는 짧은 순간 나를 바라보면서 그 눈빛으로 나를 명중시켰으니까. 뿌린 대로 거둔다는 말이 있다. 그러니 죽인 자는 죽임을 당해야 마땅하다. 나는 나를 넘어서는 그 어떤 비밀을 지키기 위해 죽기로 한다. 긴 말 하지 않으련다. 이건 신념에 기대는 행위이므로.

마오쩌둥 시대에 강제노동수용소에서는 수많은 수감자들에게 밥 대신 종이를 먹였다. 어떻게 되나 보기 위해서였다. 불쌍한 수감자들은 변비에 시달리며 끔찍한 고통 속에서 죽어갔다.

 변비로 죽는다는 게 어떤 것인지 상상하기는 쉽지 않다. 인간의 정신이란 게 설사로 죽는 경우는 어렵잖게 떠올릴 수 있어도 그 반대의 경우는 쉽사리 그려볼 수 없는 법. 나는 이제 곧 알게 되리라 마음을 달래본다. 나는 이제 막 사랑의 행위를 끝냈다. 제비 일기를 다 먹어치운 것이다.

 일기가 길지 않은 게 얼마나 고맙던지. 덕분에 내 속죄용 식사량이 많지 않았으니까. 그리고 그 결과 남은 종이에 이렇게 내 죄를 고백할 수 있으니까. 몇 번이나 앞니로 연필을 깎아가며 나는 마침내 일기장의 끄트머리에 이르렀다. 물론 연필심도 다 닳았고 내 소화력도 한계에 이르렀다.

 우리는 각자 제 나름의 무기로 서로를 죽였다고 할 수 있으리라.

 죽은 이를 사랑하는 것은 별 어렵잖은 일이라고 말하는 사람들이 있다. 그러니 자기가 죽인 이를 사랑하는 것은 식은 죽 먹기라는 얘긴데…… 이게 바로 낭만주의에서 생겨난 이런저런 관념들 중에 가장 시시껄렁한 관념이다. 왜 나는 그런 말들이 멀게만 느껴지는 걸까? 정말이지 나는 제비와 함께 살고 있는 것 같다. 상황이 이상하게 얽히다 보니 나는 그 애를 죽인 후에야 그 애와 만났다. 대개의 경우는 그 반대인데.

이 글은 한 미치광이가 뒤죽박죽으로 풀어낸 사랑 이야기이다.

제비와 함께한 사랑 이야기는 시작이 좋지 않았다. 하지만 끝은 최고로 좋을 것이다. 왜냐, 영원히 끝나지 않을 테니까. 나는 제비를 먹음으로 해서 죽어가고 있다. 그 애는 내 뱃속에서 천천히 나를 죽이고 있다. 견딜 수 없는, 그러나 결코 밖으로 터져 나오지 않는 고통을 주면서. 나는 그 애의 손을 잡고 죽어간다. 왜냐, 나는 글을 쓰고 있으니까. 글쓰기는 내가 제비와 사랑에 빠진 곳. 이 글이 끝나는 순간 나는 죽으리라.